硬式野球部に入ろう！

内角秀人

鳥影社

硬式野球部に入ろう！　目次

硬式野球部に入ろう！

第一章　ようこそ硬式野球部へ

1

つい先ごろ高校入試だったと思っていたが、すぐに合格発表、そして入学式があり、ボクの春の行事は駆け足で過ぎていく。

この度、ボク、村椿《むらつばき》恵《けい》はめでたく高校生になった。通うことになったのは、創立百数十年を誇る富山県立魚津《うおづ》商業高校である。家から自転車で二十分位の距離に位置する地元の高校で、そこの商業科に在籍することになった。

本当のこと言うと、ボクは普通科の進学校に行きたかった。高校から大学に進み、華やかなキャンパスライフを送ることを夢見ていたからだ。

しかし、両親がそれを許さなかった。

「高卒で十分だ。下手な大学に行って中途半端な学歴をつけるより、よっぽど有意義だ。魚津商だったら伝統のある学校だし、銀行や公務員などにも立派なＯＢがたくさんいる。魚津商に進んで卒業後は県内の優良企業に就職する……。人生、そうした安定した生活を送るのが一番だ。いいな、恵、悪いことは言わん、魚津商に進め」

父親に一蹴《いっしゅう》された。

「お父さんの言う通りよ。それに魚津商だったら簿記とかパソコン検定とかいろんな資格も取れるし、私の母校でもあるから、安心して通わせることができるわ。お母さんも大賛成よ。魚津商に行ってちょうだい。最近は結構商業高校からも大学に進学している人が多いから、もしどうしても恵が大学に行きたいと思ったらその時考えればいいわ」

母親も続いた。

ここまで言われて、ボクは反論することができなかった。もともと蝶よ花よと手塩にかけて育てられた甘ったれの一人息子である。反抗期もなく、親の言うことに逆らったことは一度もなかった。あー、ボンボン弱し。

そして今回も服従した。

そんなわけで、ボクは晴れやかな気分で入学したのではなかった。

ただ入学してみて、田舎の学校のくせに制服がなく、自由な校風であるというのが気に入った。皆、思い思いの服装をしている。

「我が魚津商業高校は、生徒一人一人の個性を重んじる教育を施している。おのおの楽しい

第一章　ようこそ硬式野球部へ

「学園生活を過ごしていただきたい」

入学式で、校長が力説していた。

その入学式で、すぐに驚いた。

女。

女、女、女。

見渡す限り、女だらけなのだ。新入生と在校生合わせた全生徒の男女比率が、ほぼ一対九。なんと女子生徒の占める割合が九〇パーセントを超えている、と後で教えてもらった。

これは、ひょっとして……。

楽しい学園生活を送ることができるかもしれない。

一人、ほくそ笑んでいた。

クラス割りが発表され、それぞれの教室に分かれた。ここでも四十人中、男子はボクを含めて四人だけである。

男子は自然と固まり、席についた。

「俺、魚津西部中から来た、橋本渉《はしもとわたる》。よろしく」

ボクの横に座ったニキビ面が自己紹介した。

「あ、ボ、ボクは魚津南部中から来た、む、村椿恵です。こちらこそ、よろしく」

ボクも挨拶した。同級生相手に、少し気遅れしている自分が情けない。

「あーあ、しかし、商業高校は女子が多いと聞かされて期待していたけど、これじゃ、まるで女子校に入学した気分だぜ」

橋本はいきなりぼやく。

「ほんとに圧倒されるね」

ボクの後ろの席に座っていた馬面の男が話に加わる。真鍋康弘《まなべやすひろ》という名前だ。

「肩身が狭いよ、まったく」

橋本が溜め息をつく。

「そ、そうだね」

ボクは相づちを打った。一人浮かれていたのを悟られないように注意した。

「先輩から聞いた話だと、この学校では男子の存在自体が無視されるらしい。もしくは使い走りや荷物持ちといった奴隷扱いにされるらしいよ。最近の女の子は強いからね」

真鍋が言う。さらに続ける。

「数年前、そんな現状を変えようと立ち向かった人がいたんだけど、逆にイジメの対象にされ、泣く泣く転校していったらしい」

微妙な空気が流れた。

ええっ、そうなのか。

ボクはうろたえた。

どうしよう、イジメの対象になったら……。

ボクの淡い期待は吹き飛んだ。消沈する。世の中、そんなに甘くないってことか……。

ボクはとんでもない学校に入学してしまったようだ。

「ところでさ、部活、何にするか、決めた？」

それまでの空気を変えようと、努めて明るい声が会話に割って入ってきた。ボクの斜め後ろに座っている眼鏡をかけた男で、堀内純一《ほりうちじゅんいち》と後で名乗った。

「部活……」

言葉に詰まる。

「この学校は部活動がさかんで、生徒は全員何らかの部に必ず入らなければならないんだよ」

知らなかった。

「俺、どうしようかなあ」

橋本が上目遣いをしながら、つぶやく。

「俺は、楽そうな部がいいな」

真鍋が言う。

「先ほど真鍋が言ったイジメの件だけど、何でも実力のある部に入れば、上級生が他の部の生徒から守ってくれるらしい」

堀内がしたり顔で言う。

そ、それはいい。

ボクの顔は少しほころんだ。

「問題は、どの部を選ぶかだ」

堀内が声を潜めて続ける。

「優しそうな先輩がいる部がいいぞ」

ボクは、ボクは、どうしようかな。

やっぱり文化系の部がいいな。運動神経があまり良くないから、スポーツは苦手だし。ただ、中学の時は……。

この時担任の先生が教室に入ってきたので、ボクたちは雑談をやめ、正面に向き直った。

2

入学二日目。
部活動紹介のオリエンテーションが講堂であった。パンフレットを受け取る。
どの部にしようか。
ボクはパンフレットをパラパラめくりながら、考える。
運動部系は、まず敬遠。
文化部系は、というと……。
演劇部。
文化系だけど、体力が必要そうなので、パス。
吹奏学部。
楽器ができないので、パス。
文芸部。
本をあまり読まないし、根暗そうなので、パス。
写真部。
カメラを買わなければならない。パス。

放送部。

将来アナウンサーになる気もないし、ボクは滑舌《かつぜつ》が悪いから、パス。

合唱部。

ボクは人知れず音痴だ。パス。

将棋部。

勝負事に弱いからなあ。パス。

手芸部。

あんなチマチマとしたこと、やってられるか。パス。

パソコン部。

今、最先端を行く部。ついていけそうにないから、パス。

「うーん」

ボクは唸る。

こうしてみると、選ぶのはなかなか難しいなあ。

腕組みをして、考え込む。

壇上では、サッカー部の熱がこもったスピーチが終わったところだった。今年は年末から正月にかけて行なわれる選手権に必ず出場するつもりだ、と意気込んでいた。

次は硬式野球部だった。

代表者が前に進み出た。軽くお辞儀する。顔をあげた。

「えーっ、硬式野球部主将の遠藤美千留《えんどうみちる》です」

比較的甲高い声が響いた。

その瞬間、講堂内にざわめきが起こった。女子新入生からは、悲鳴に近い歓声が上がった。

「……!」

ボクも思わず絶句した。

稀《まれ》に見る美形である。ひと目で視線を奪われた。急に体温が上昇するような感覚に襲われた。

こんな先輩もいるんだ。

紹介スピーチは、約五分。新入生のほとんどはその間、硬式野球部主将の遠藤先輩に見とれ、聞き惚れた。ボクもそのうちの一人である。

胸が締め付けられる感じがした。小学生の時に体験した初恋の時と同じ感情がボクを支配した。

何、これ……。

自分に問いかける。

もしかして。まさか……。

どう考えても、変だ。

だってボクは男だし……。

遠藤先輩が話し終えると、万雷の拍手と歓声が送られた。

ボクは得体の知れない自分の感情をコントロールできず、うわの空で遠藤先輩の話を聞いていた。覚えているのは、硬式野球部は過去春夏通じて五回甲子園に出場したことがある、創部百年を超える県内でも有数の名門であること。だが近年は低迷し、現在部員も三年生八名しか在籍していなくて対外試合もできない、ということだけであった。

硬式野球部か……。

硬式野球部に入部すれば、遠藤先輩の近くにいられる。部員が足りないらしいので、歓迎されるかもしれない。

でも……。

硬球って、当たると痛いだろうな。せめて軟式だったらなあ。いや、それにしても野球は……。

ボクの脳裏に苦い記憶が蘇る。

野球か……。

3

　入学して五日経ち授業も開始したが、ボクはどこの部に入るかいまだ決めかねていた。というより、遠藤先輩の存在を知ったことから、硬式野球部に入るかどうか迷っていた。寝ても覚めても遠藤先輩のことばかり考えていた。

　あー、どうしよう。

「俺、吹奏楽に決めたんだ。実は中学の時も吹奏学部で、ホルンを吹いていたんだ」

　授業前、ボクの気も知らず、橋本が話しかけてくる。

「俺は陸上。足が速いのだけが取り柄だからな」

　真鍋は誇らしげに言う。

「村椿は？」

　堀内がボクに尋ねる。

「ボクは……、まだ決めていないんだ」

「えーっ、早く決めないと、先輩たちから目をつけられるぜ」

　橋本が心配そうに言う。

「うーん、でもどれも決め手がなくて……」

「イジメの対象にもなってもいいのか」

堀内が続けて言う。

「そういう堀内は？」

ボクは尋ねた。

「お、俺、俺はサッカー。といってもマネージャーだけどもね」

マネージャー。

マネージャーか……。

そうか。そういう手があったか。

マネージャーだったら、ボクにもできる。必ずしも選手にならなくてもいいわけだ。マネージャーというと女子の役割と思われがちだが、男子マネージャーも必要でないかと思う。甲子園大会でも男子マネージャーが記録員として、多数活躍しているし……。

そうだ、その手が、あった。

「どうしたんだ、急ににやけたりして」

橋本が人の顔をのぞき込んで言う。

「いや、何でもない」

ボクは首を振った。

「へんな奴……」

橋本が怪訝な顔をした。

よし、今日の放課後、硬式野球部の部室へ行ってみよう。

元気が出てきた。

そこへ先生が教室に入って来て、授業が始まった。

4

放課後。

ボクは硬式野球部の部室へと急いだ。

部室の前に立つと、ときめきが高まった。ドアのノブを回す。だが、扉は開かない。三回繰り返したが、駄目だった。

鍵が掛かっているということは、まだ誰も来ていないということだ。

来るのが早かったかな……。

出直してこようと踵《きびす》を返した時、背後に人影を感じた。

「あなた、何？　我が硬式野球部に、何の用？」

振り向いた。

女子生徒が一人、立っていた。

「もしかして、入部希望の方？」

ボクは立ち尽くした。女子生徒に見覚えがあった。

「みづき……」

「あっ、村椿君……」

立っていたのは、同じ中学で同級生の高橋《たかはし》みづきだった。中学時代と変わらぬショートカットで、小柄でぽっちゃりとした体型をしている。

「みづき……。おまえも魚津商だったのか」

「そうよ。情報処理科の一年生よ。村椿君こそ、どうして魚津商にしたの？　村椿君の学力だったら、楽勝で普通科の進学校に合格できたんじゃないの」

「……まあ、家庭の方針でね」

ボクはうつむき加減で言った。

「ふーん、そう」

「眼鏡はどうしたの？」

「コンタクトにしたの。って、私に会って、そんなこと言いに来たの、村椿君」

「いや、そんな訳じゃないけど……」

「じゃあ、何なの？」

「野球部に、硬式野球部に、入り……」

言葉に詰まる。しどろもどろだ。

「野球部に入りたいわけね。我が硬式野球部に！」

「でも、それが……」

「何？　何かあるの？」

「選手じゃなく、マネージャーとして入りたいんだ」

赤面しながら一気に言い切った。

「駄目よ、駄目」

みづきが即座にボクの希望を打ち砕く。

「ええっ、どうして……」

「我が硬式野球部はサッカーやバスケットと違って総勢八名と小世帯なので、マネージャーは私一人で十分なの。実はオリエンテーションの後、遠藤先輩目当てでマネージャー希望の女子が殺到したんですって。ただマネージャーばかりたくさんいてもしょうがないので厳正な審査の結果、中学時代にマネージャーの経験がある私が選ばれたのよ」

「そうなのか……」

「そう。だから、マネージャーは無理。それより、村椿君」

みづきが猫なで声を出す。

「な、何だよ」

ボクは後ずさる。不吉な予感がした。みづきがこの声を出す時は、決まってそうだ。

「村椿君、中学の時、野球部だったじゃない」

みづきがにこやかな笑顔で話しかける。

「お、おい、こんな所でそんなこと言うなよ」

ボクは慌てた。

「村椿君、高校でも野球部に入って頑張ってみようと思わない？」

「お、思わないよ。野球は中学で辞めると決めていたんだ。それに、みづきもボクの野球の実力知っているだろう」

「確かに村椿君の野球の実力、酷《ひど》かったわよね。運動神経まるでゼロみたいだったし……」

「そうだろう、な、な」

ボクは同意を求めた。

「でも、男で、一応野球経験者だし……」

「みづき、君はそんなにボクに野球をやらせて、恥をかかせたいのか！　そんなにボクを笑い者にしたいのか」

ボクは少し怒り加減で反論した。

「そういうわけじゃないけど……」

みづきは声のトーンを落とした。

「何を騒いでいるんだ？」

例の甲高い声がした。ボクの背筋がぴんと伸びた。

遠藤先輩だ。

華やかなオーラを発している。近くによると、甘いクリームのような匂いがした。薄手のパーカにジーンズといった軽装だ。

「どうしたんだ、高橋君。部室の鍵も開けないで……」

遠藤先輩が尋ねる。

「この人……、この人、入部希望者です」

「……！」

何を言い出すんだ、みづき。

ボクは固まった。

「この人、私と同じ魚津南部中から来た新入生の村椿恵君です。中学の時三年間、野球部に入っていました」

「ほう、そうかい」

遠藤先輩は笑顔を見せた。それを見たボクの胸の鼓動は、より一層高鳴った。

まただ、この感情、何なんだ、これは……。

「見たところ、華奢《きゃしゃ》な身体つきだな。まあ、まだ入学したばかりの一年生だからな。これから鍛えればいい。中学でのポジションは？」

「一応、ピッチャーでした」

「ほう。私と一緒だ」

「村椿君は、サウスポーなんです」

みづきが口を挟む。

「レギュラーだったのかい？」

遠藤先輩は優しく問いかける。

「……いえ、補欠でした」

ボクは恥ずかしくて、穴があったら入りたい気分になった。胸を張って、レギュラーでしたと言えたら、何とすっきりしたことだろう。

「そうか。まあ、いい。今のウチには中学時代未経験だった者もいるからな。それに何とか一名、選手が欲しかったんだ」

「主将、これで春の県大会に出場できますね」

みづきがしゃしゃり出る。

「ああ、何とかエントリーの期限ぎりぎりで間に合いそうだ。これも君のおかげだ。名前は、ええっと……」

「……む、村椿です」

「ああ、村椿君。ようこそ硬式野球部へ。よろしく頼む」

遠藤先輩が右手を差し出した。ボクも右手を出し、握手した。遠藤先輩の手は、ひんやり冷たかった。

この手は、しばらく洗うのは辞めよう……。

ボクは右手を握りしめた。

「高橋君、早速村椿君の入部手続きを頼む。部室は狭いし、これから練習前の着替えでごった返しするから、空いている教室を使ってくれ」

遠藤先輩がみづきに指示を出す。

「はい、わかりました」

みづきが元気よく返事する。

トントン拍子で事が進んだ。今さら、マネージャー希望ですとは言えない。特に遠藤先輩を前にして、期待を裏切る言動はできない。

「どういうつもりだよ」

空き教室に向かう途中、ボクはみづきをにらみつけて言った。

「ははは。ごめんね、村椿君。どうしても春の県大会前に選手九名揃えたかったのよ。とりあえず大会が終わるまで頑張って頂戴。ははは」

笑い事ではない。

まさか、高校でも野球部に入るとは思ってもみなかった。しかも、今度は硬式である。ボクは、甲子園を目指す全国の高校球児の一員になってしまった。

第二章　九人そろう

1

ボクが中学生だった時、野球部員だったことは事実である。万年補欠の選手だった。

実は中学の時も、喜んで入部したわけではなかった。物心ついた頃からの運動音痴で、体育の時間は苦手。運動会の徒競争でも力なく最後尾をヨタヨタ走っていた。そんなボクが野球部に入るなどとは、自分自身はもちろんのこと、周りの友人たちも思いもよらなかったことだろう。

ただ、野球を観戦することは好きだった。夕食後、大の巨人ファンの父親とよく膝を並べてテレビでナイター観戦していた。ボクは父親ほど巨人ファンではなかったが、巨人がチャンスを作ると、父親と一緒に試合の行方を固唾《かたず》を飲んで見守っていた。野球は観るモノだった。

野球部に入ったのは、その父親の強い勧めによる。

「いいか、恵。野球部に入れ。男を磨くには、やっぱり野球に限る。おまえは少し女みたいにナヨナヨしている。野球部に入って、心身ともに鍛えた方がいい」

夕食時、ビールを片手に父親が諭した。

「それに部活動をやっていると、高校入試の内申書にもいい方向に影響するわ。恵は運動が少し苦手みたいだけど、頑張れば何とかなると思う。血筋が良いもの。お母さんは昔ソフトボールやっていて北信越大会に出場したし、それに……」

ここからは耳にタコができるくらい聞かされた話だ。

「続きは、私が話そう」

父親が母親に代わって話し始める。

「ウチの村椿の家系はな、その昔高校野球の夏の甲子園大会で大活躍した投手を輩出しているんだ。あの人は凄かったらしいぞ。いずれも接戦をモノにしてベスト8まで勝ち進み、準々決勝でその大会の優勝候補と激突した。そこでも踏ん張りを見せ、延長十八回でも両校無得点で終わり、引き分け再試合になった。この試合は今でも名勝負と称えられ、語り草になっている。だから富山県で村椿といえば、ピンとくる高校野球のオールドファンが非常に多い。おまえも立派な家柄の子供として生まれたもんだ。それゆえプレッシャーを感じることもあるだろう。けれども名前負けせず、頑張ってもらいたい。いいか、野球部に入るんだぞ」

父親の言葉は絶対である。ボクはそうした家庭に生まれ育った。

「……はい」

素直に頷くことしかできなかった自分に腹が立つ。

こうしてボクは野球部に入った。

まあ、何とかなるさ。

最初は物事を楽観視していた。しかしそんな甘い考えは、入部三日目に早くも打ちのめされた。

「これから、足腰のトレーニングをする」

練習前、二年生部員がボクたち一年生を整列させて言った。

足腰のトレーニングとは体のいい言い草で、実態は一年生をふるいにかけるシゴキであった。

まず、グラウンドを十周走らされた。ここでボクは二十人いた他の一年生全員に、周回遅れを喫してしまう。

「何やっているんだ、村椿！」

先輩部員から容赦ない怒声を浴びせられる。けれども、これがボクの実力、限界だった。

続いて行なわれた五十メートルダッシュでも、タイムは断トツのびりっけつ。もも上げやダービーでも同じ結果だった。その日、足がパンパンに張って、階段の昇り下がりが普通にできなくなってしまった。

「村椿はすぐに辞めるみたいだな」

周りにそう思われていた。

だが、ボクは辞めなかった。

野球が好きで、野球部で頑張ろうと思ったわけではなかった。辞めるということを、小心者のボクには怖くて言い出せなかっただけだ。両親の期待を裏切り、背《そむ》くこともできなかった。

それからも頻繁に、監督の目を盗んで足腰のトレーニングと称されるシゴキは行なわれた。当初二十名いたボクを含む一年生部員は耐えきれず、一人去り、また一人去りしていった。

三年生が引退し、地獄の夏休み練習が終わった頃には、半分の十名に減っていた。

ボクは相変わらずだった。走力はもちろんのこと、遠投力でも全部員の最下位。打撃もボールにかすりもせず、波打ったスイングを繰り返していた。

ただ一つ、取り柄があった。ボクはサウスポーで、なぜかコントロールだけはよかった。キャッチボールではほとんど思い通りの箇所に投げ分けることができた。

「村椿、おまえはバッティングピッチャーをやれ！」

それまでボクのポジションは外野のその又後ろの球拾いで、シートノックに参加さえさせてもらえなかったが、いきなり監督から登用された。

それから来る日も来る日も、味方打者に向かって投げた。力のないボクのボールは、小気味よく打ち返される。あまり気持ちのいいものではなかった。

二年生になっても、その立場は変わらなかった。

秋。

自分たちの代になっても、同級生に県下有望なエースピッチャーがいたせいで、ピッチャーとして試合に出ることはできなかった。

それでもボクは黙々とバッティングピッチャーをこなした。毎日、懸命に投げていた。

ただ、ひたすらに……。

そんなボクの健気な姿に、心を打たれたのだろうか。三年生になって、ボクに試合出場のチャンスが巡ってきた。

役割は、負けている試合の最終回ツーアウトでのピンチヒッターである。誰も最後のバッターになりたくなかった。そこで、ボクが起用された。

「おまえのような下手くそが、試合に出場できるだけありがたいと思え」

監督からは、そう叱咤激励された。

何試合かそんな状況でピンチヒッターに出たが、いずれも三振に終わった。もっともだ。練習でバットにボールが当たらないのに、試合で当たるわけがない。

「ドンマイ、ドンマイ」

顔を真っ赤にして打席に入り、空振り三振したボクを、マネージャーだったみづきが慰めてくれたことを記憶している。

そして迎えた夏の大会。三年生にとって負ければ引退となる試合で、ボクが代打に出た。七回裏ツーアウト。ランナー無しで、五点負けている局面だった。

短くバットを握り、左バッターボックスに入った。

二球で追い込まれた。

三振だけは、したくない。

ボクはバットを握り直し、構えた。

相手ピッチャーは、上から見下ろすように投げ込んでくる。

三球目。

投げた。

バットを出さねば……。

そう思ったが、身体が金縛りにあったように動かなかった。

「ストライク、バッターアウト」

見逃し三振である。

ボクの中学野球は終わった。ピンチヒッターに出て、六打席すべて三振である。情けなくて、涙も出てこなかった。

そして金輪際野球はやらない、と心に決めたはずだった。

2

みづきからユニフォームのサイズを訊かれ、その後入部届や誓約書などに署名した後、ボクはバックネット裏から練習を見学した。

先輩たちはきびきびとした動きを見せていた。全八名。小柄な選手が多いようだ。

「新入部員は、俺一人なの？」

忙しく動き回っている体操着姿のみづきを捕まえ、尋ねた。

「そうよ。ウチの高校の男子は皆、意気地無しだわ。名門の野球部がピンチだというのに……」

そう言い捨て、その場を立ち去る。

練習は六時過ぎに終わった。そんなに長時間でもない。部員が少人数なので、疲労を考慮したのかもしれない。

「遠藤先輩が、皆に紹介するって」

みづきが手招きする。

緊張したぎこちない足取りで、先輩たちが円陣を組んでいる一塁ベンチ前に向かう。

「今日、待望の新入部員が入った。一年生の村椿君だ。さあ、挨拶して」

遠藤先輩がボクに促す。

「魚津南部中学から来た、む、村椿恵です。思い切り下手くそですけど、よろしくお願いします」

笑い声と拍手が起こった。

「ポジションは、ピッチャーだったそうだ」

遠藤先輩が言う。

「それは、頼もしい」

先輩方から声が上がる。

「しかも、サウスポーだそうだ」

「おおっ、それは素晴らしい」

ボクは恥ずかしくて赤面した。

「明日から練習に参加してもらう。今日監督は用事で不在だから、明日紹介する。それじゃ、今日のところはこれで解散。村椿君、頼んだぞ。君にはライトのポジションを任せようと思う。明日君の実力をテストするから、頑張ってくれ」

遠藤先輩が締めた。

ボクが、中学時代三振王だったボクが、いきなりレギュラー……。

いくら部員が少ないとはいえ、そんなに軽々しく決めていいものだろうか。

先輩たちは着替えに向かったが、ボクはしばらくその場を動けなかった。

大丈夫だろうか。

心の中は不安でいっぱいである。

明日だ。明日になれば、ボクの実力が露呈してしまう。守備では外野フライなど捕れないし、打撃ではボールにかすりもしない。

遠藤先輩をはじめ、先輩たちはボクのプレーを見て、何と思うだろうか。おそらく、落胆するに決まっている。

だけど、遠藤先輩を失望させたくない。目の前で、無様な格好を見せたくない。

今さら断ることができるだろうか。いや、それはできない。余計遠藤先輩を失望させ、ボクに愛想をつかしてしまうだろう。

どうすれば……。

「ちょっと、村椿君、村椿君」

いつしか、みづきが話しかけていた。袖を引っ張られ、ようやく気づいた。

「ああ、うん、何？」

我に返る。

「ちゃんと人の話聞いてる？」

「あ、ごめん、ごめん。ちょっと考え事をしてたもんで……」

「しっかりしてよね、もう」

「で、何？」

「ユニフォームは間に合わないから、明日の練習は私と同じ体育の時間に着る体操着でいいわ」

「わかった」

「着替えは、体育館の更衣室を使うこと。部室は狭くて、先輩たちが着替えるだけで精一杯の広さだからね」

「わかった」

「それからウチは髪型自由だから、無理に坊主頭にしなくてもいいわ。先輩たちの中には、長髪の人もいるのだからね」

「わかった」

坊主にしなくてもいいんだ。それは、ラッキーだ。

「それから、明日ちゃんと練習に来てね。逃げたりしたら、承知しないから」

「わ、わかっているよ」

心の中を見透かされたような気がした。

「私が村椿君のこと紹介したのだから、私の顔に泥を塗るようなことはしないでね。下手なら、下手でもいいじゃない。ただ、一生懸命やってね」

「わかった。約束する」

「明日は監督も顔を見せるって言うし……」

「監督？　監督って、どんな人？」

ボクは尋ねた。

「明日、会えばわかるわ」

「優しい人？　怖い人？」

さらに尋ねた。

「それは明日のお楽しみ。それじゃ、明日からよろしくね」

みづきはそう言い残し、走り去っていった。

ボクは一人取り残された。

明日、どうなるだろう。

3

夜。眠れなかった。

布団の中で、何度も寝返りを打つ。

眠ろう眠ろうとするが、逆に目が冴えるばかりである。

まんじりともせず、そのまま朝を迎えた。

学校へ行く支度を調え、自室から階下の台所へ朝食を摂りに降りていく。

「おはよう」

台所には母親だけがいた。サラリーマンである父親はすでに出かけたらしい。

「おや、恵、どうしたの？　浮かない表情して。よく眠れなかったの？」

母親の勘は鋭く、ちょっとした異変にも目敏《めざと》く気づく。

「まあ、ちょっとね……」

ボクは大急ぎで朝食をかき込み、家を出た。

今日の放課後、審判が下される。そう思うと、おちおち授業など受けてる場合ではないような気がした。

だが、こんな時に限って時間の進みが非常に早い。

またたく間に、放課後になった。

クラスメートは授業から解放されたためか、喜々として笑顔を見せている。

「おい、村椿、部活は何にするか決めたのかよ」

橋本が声をかけてくる。

「あ、うん……」

「何、何、何に決めた？」

真鍋が話に突っ込んでくる。

「やっぱり文化系？　それとも運動系？」

堀内も興味津々である。

「……実は、野球部に……、硬式野球部に……」

「ええっ」

三人、声を合わせる。

「硬式野球って、おまえ……」

橋本が唖然として言う。

「気は確かか……」

真鍋も驚きを隠せない。

「硬式野球部って、人数が足りてないだろう。俺、先輩から聞いたんだけど、その理由は、監督が鬼で、練習がめちゃくちゃ厳しくてついていけず、誰も入部したがらないからだそうだ」

堀内が語る。

やはりそうなのか……。

何か裏があると思っていた。今からでも、やっぱり辞めますと言いにいこうか。

ボクは脳裏に遠藤先輩の顔を浮かべてみる。

駄目だ。そんなこと、言えない。

「まあ、ボクは中学の時野球をやっていて、それで……」

入部に至った経緯を説明しようとするが、上手く言えない。

「そうか……、まあ、でも自分で決めた事だからな。頑張れよ」

橋本が言う。

「甲子園目指してくれ。ファイトだ」

真鍋が続く。

「何か困ったことがあったら、言ってくれ。力になるよ」

堀内も続いた。

「わかった。ありがとう」

ボクは三人に頭を下げた。

ボクには、頼もしい仲間がいる。三人もだ。少し勇気づけられた。

三人はそれぞれの部活場所に散っていった。

ボクも体育館の更衣室に行き、急いで着替えた。

はた、と気づいた。

そういえば硬式用のグローブがいるな。スパイクも……。

誰かの予備のグローブを借りるしかない。でも左利き用のグローブが都合よくあるだろうか。それとも今日は練習初日だから、グローブなど使わないかもしれない。足元は外履き用のシューズで代用しよう。

グローブ、スパイク、帽子、アンダーシャツ、ユニフォーム上下、ソックス、ストッキング、ベルト。
最低でもこれらを揃えなければならない。野球はお金のかかるスポーツだ。そのためには両親に、硬式野球部に入ったことを申告し、購入してもらわなければ……。

両親に告げる。これまた気が重くなることだ。中学時代あれほど野球部入部を勧めた父親は、自分の息子の実力を知り、高校で野球をやれとは言ってこない。見切りをつけたようである。

そんな父親に高校で硬式野球部に入ったと告げると、何と言うだろうか。母親も、何と言うだろうか。

憂鬱《ゆううつ》である。

あれこれ考えながら、グラウンドに向かう。足取りが重い。死刑執行を受ける囚人のような気分だ
先輩たちは、すでに全員そろっていた。みづきもいる。

「遅れて、すいません」

ボクは小走りで駆け寄った。

「よし、全員そろったな。練習開始だ」

遠藤先輩が号令をかける。

まずは、隊列を組んでグラウンドを走る。ボクは最後尾につき、力なく走った。

グラウンドを三周走った後、準備体操、それからストレッチである。

中学の部活を引退後、運動らしい運動をしていなかったボクは、すでに息が切れている。

先輩たちが行なうストレッチを見様見真似でやっていた時、一台の車が猛スピードでバックネット裏の空き地に走り込んだ。真っ赤なフォルクスワーゲンである。

「来たぞ」

先輩たちは立ち上がり、バックネット付近に駆け寄る。ボクも、後に続いた。

車の中から、一人降りてきた。派手派手しい化粧を施し、これまた真っ赤なジャージーを着ている。

えっ。

ボクは目を疑った。

「チワース」

先輩たちは挨拶をする。

「この人が、監督？」

隣りにいたみづきに訊いてみる。

「そうよ」

みづきは当たり前だというように答えた。

ボクは目をこすってみた。

やはり、間違いない。

「監督は、女なのか……」

「悪い……？」

みづきが横目で睨《にら》む。

ボクは、首をすくめる。

「皆、ご苦労様。全員いる？」

女監督が遠藤先輩に尋ねる。

「はい、全員そろっています」

遠藤先輩が答えた。

監督の年齢は、四十代前半で、母親と同じくらいか。ヘアマニキュアで薄茶色に染めた髪を後ろで束ねている。いかにも気の強そうな面持ちだ。首周りに金のネックレスをジャラジャラぶら下げている。

「新入部員が入ったと聞いたが……」

「はい。おい、村椿、前に出て挨拶するんだ」

いきなり言われて、ドキリとした。もじもじしながら、進み出る。

「う、魚津南部中から来た、む、村椿恵です。中学時代は補欠でしたけど、一応ピッチャーやっていました。よろしくお願い致します」

「そうか。中学野球の経験者というと、即戦力ね。こちらこそよろしく頼むわ。私はこの野球部の監督兼部長の、小柴洋子《こしばようこ》です。こんな身なりをしているけど、この学校の三年生女子に体育を教えている教師をしているのよ」

きょ、教師だったのか……。ボクは、てっきり……。

「彼が入部してくれたおかげで、来週末から行なわれる春の県大会に出場できることになりました。感謝、感謝です」

遠藤先輩が笑顔を見せながら言う。

「それはよかった。あ、ちょっと待って。君、村椿って言ったわよね」

「は、はい」

何かあるのだろうか。

「君のお母さん、真知子《まちこ》っていうんじゃない？」

「はい、そうですけど……」

「やっぱりだ。君、真知子先輩の息子なんだ！　うわーっ、大きくなって」

何、何。話がよくわからない。

「私、この学校のソフトボール部で、真知子先輩の二コ下なの。お母さんに訊いてみるといいわ。よろしく言っておいてね。随分世話になったんだから。私の名前を言ってもらえれば、きっとわかると思う」

「……はあ」

「いやーっ、それにしてもこんなところで真知子先輩の息子さんに会えるなんて、感激だわ。私も年を取るわけだわ」

小柴監督は喜びを隠さない。

「真知子先輩の息子さんだったら、凄いプレイヤーなんじゃない。さっき、中学の時は補欠だったと言っていたけど……」

「村椿君は今日が練習初参加で、その実力を今から見極めようと思っていたところです」

遠藤先輩が口を挟んだ。

「そう。じゃ、早速確かめてみよう」

「ポジションは、ライトでいいですか？」

「そうね。今空いているのは、そこだからね」

「はい、わかりました。村椿君、準備はいいかい？」

「あのう……」

ボクはおどおどと遠藤先輩に進言した。

「何だ？」

「硬式用のグローブ貸してもらえませんか？　まだ購入してないので……」

「そうか。そういえばスパイクも履いてないな。部室に予備のグローブとスパイクが確かあったはずだ。スパイクは丁度いいサイズの物があればいいがな。高橋君、二人で行って、見つくろってくれたまえ」

「はい」

ボクはみづきと一緒に、部室に行った。中に入るのは、初めてである。狭いが、きれいに片づいている。想像とは、大違いだった。

「監督が女なんて、聞いてないぞ」

部室で二人きりになると、ボクはみづきに食ってかかった。

「訊かれなかったから、言わなかっただけよ」

みづきは涼しげな顔で言う。相変わらず、気が強い。

「しかも、母親の後輩だなんて……」

「みっちり鍛えてもらったらいいじゃない。小柴監督は、何てあだ名されているか知ってる?」

「いや」

「教えてあげようか」

「うん」

「人呼んで、『尼将軍《あま》』よ」

「尼将軍……」

「厳しいらしいわよー」

みづきが脅すように言う。

「怒ると物凄い剣幕になって、誰も手をつけられなくなるらしいわ」

ひえーっ。堀内の言う通りだ。

やっぱり入部するんじゃなかった。

「でも安心して。練習に対する態度は厳しいけど、素顔はちょっと年の離れた優しいお姉さんらしいから。いったん打ち解けると、皆その魅力に惹かれ、何でも相談できるようになるらしいわ」

「そうなの……」

「今残っている八人の先輩たちが、全員口をそろえて言うもの。きっとそうなのよ」

ただ、練習が厳しい……。堀内の言う通りだ。ボクはついていけるだろうか……。

「野球に対する情熱も人一倍持っているとの評判よ。監督の速射ノックには定評があるわ。自分は学生時代ソフトボールをやっていて、この学校に赴任してきて誰も引き受け手のない硬式野球部の監督になったんだけど、おかげで婚期を逃したと自嘲気味に話しているそうよ。それくらい野球に打ち込んでいるらしいわ」

まだ独身なのか……。

「あった！」

みづきは左用のグローブを見つけ、それをボクにトスした。

「あ、どうも」

「次は、スパイクね。サイズが合うのがあればいいけど。村椿君、足のサイズは、いくつ？」

ボクはサイズを言った。

「そう。小さいのね」

「余計なお世話だ」

「これなんか、どうかしら」

みづきは部室の奥をがさごそ探しまわり、一対のスパイクを出してきた。

履いてみる。

丁度いい。

「どう？　ぴったりでしょ」

「ああ」

「やったっ、よかったわ」

みづきが喜びの声を上げる。

確かに感触は良く、履き心地も悪くない。だがスパイクが見つかっても、ボクは素直に喜べなかった。これでボクの実力が試される実技テストが行われることになるからだ。永遠にぴったりのスパイクなど見つからなければいいな、と心の中で願っていたところだった。

「さあ、練習に戻りましょう。村椿君の華麗なプレー、見せてもらわなくっちゃ」

そう言って、みづきが促す。部室を出る。

「嫌味かよ」

ボクは浮かない表情で、後に続いた。


「来たか」

グラウンドに戻ると、小柴監督と先輩たち八人が笑顔を見せた。待っていてくれたようだ。

「よし、それじゃ君の今現在の実力を見させてもらう。まずは、守備からだ。ライトの定位置についてみて」

ボクはライトのポジションについた。

もう、なるようになれだ。

遠藤先輩も見ているから、下手くそでも必死のプレーを披露するしかない。ボクは腹をくった。

その遠藤先輩がノックする。

一球目。

打球は放物線を描いて、こちらに向かってくる。

ボクは前進し、それから後ろに下がった。あたふたし、挙句の果て、足がもつれて転んでしまう。打球はそんなボクの頭上2メートルのところに落下した。

先輩たちから失笑がもれる。

ボクは顔を真っ赤にして、尻についた土を払う。

「ドンマイ、ドンマイ」

声が掛かる。

二球目。

今度は右寄りのライナー。

その打球を、ボクはおでこで受けた。打球は弾んで、後方へ。ボクはうずくまる。

「おい、大丈夫か」

先輩たちが駆け寄ってくる。

「だ、大丈夫です」

「おでこが腫れているようだが」

「大したことありません」

ボクは先輩たちを制した。

二球連続捕球失敗。その上、何たる醜態《しゅうたい》。恥ずかしい。少しは意地のあるところを見せたい、遠藤先輩に……。

ボクはおでこが少々痛むが、テスト続行を望んだ。

しかし、結果は同じだった。

十球ノックしてもらい、十球連続捕球失敗。一球もまともに捕ることができなかった。

「高校に入って初めての練習だからな。ブランクもある。調子が悪かったのだろう。こういう日だってあるさ。ドンマイ、ドンマイ」

先輩たちが励ましてくれた。

ボクは遠藤先輩をチラッと見た。無表情だった。

「次はバッティングだ。樫本《かしもと》、投げてくれ」

その遠藤先輩が樫本先輩をバッティングピッチャーに指名した。

樫本先輩はマウンドへ行き、捕手役の先輩と軽く肩慣らしを始めた。

ボクはヘルメットをかぶり、比較的軽そうなバットを選び、二、三度素振りをした。思い切り、ダウンスイングである。

「もっと水平にスイングした方がいいわ」

それに気づいたのか、小柴監督がアドバイスしてくれた。

「は、はい」

わかっている。

自分自身、わかっているんだ。ただ、このスイングには理由があるんだ。

ボクは心の中で呟きながら、少し水平にスイングした。

「肩、出来上がりました」

樫本先輩がＯＫの合図を送る。

「じゃ、打ってみて」

遠藤先輩がボクをバッターボックスに送り出す。

ボクは左バッターボックスでバットを短く持ち、構えた。

「打たせるからな」

樫本先輩はそう言いながら、一球目を投げた。

空振り。

二球目。

これまた、空振り。

三球目も、空振り。三振である。

極端なアッパースイングで、全球空振りした。ボクは打席に立つと、投球に対してヘッドアップしてしまう癖がある。素振りの時ダウンスイングにしているのはそれを矯正するためであるが、一向に改善されていない。

「さっきのダウンスイングは、どうしたの？」

小柴監督が言う。強い口調だ。

「はい、すみません」

ボクはバットを握り直した。そんなに暑くないのに、汗びっしょりである。

四球目、空振り。

五球目、空振り。

六球目、空振り。

二打席連続三振である。しかも、一球もかすりさえしない。

「止めっ！」

ここでストップがかかった。

「村椿君、こっちに来て」

ボクは手招きする小柴監督の方へ、ゼイゼイ息をしながら向かった。

「どうも、ご苦労様」

小柴監督は優しく微笑んだ。

「どうだった、久し振りに野球の練習をしてみて」

「は、はい。あ、あの、下手くそですみません」

ボクは泣き出しそうなのを堪えた。

「いいんだ。君の一生懸命さは、十分伝わった」

小柴監督の隣りにいた、遠藤先輩が言う。

「そうよね。君は、何となく好感が持てるわ」

小柴監督も頷く。

「でも、全然駄目で……」

ボクは弱々しく言った。

「これから練習次第で上手くなると思うわ」

「そ、そうですか」

「君は、合格。公約通り、ライトのポジションを任せるわ。打順は9番。いい？」

「は、はい」

あれで合格……。一球も捕れなかったのに、一球もかすりもしなかったのに。

「今日のところは練習初日だから、これでおしまい。家に真っすぐ帰って、ゆっくりしてちょうだい。明日からビシビシやるから。春の県大会まで時間がないからね」

「はい、わかりました」

ボクは頬を紅潮させて答えた。重圧から解き放たれ、その場にへなへな座り込んでしまいそうだった。

4

「小柴洋子っていう人、知ってる？」

その日の夕食時に、ボクは母親に尋ねてみた。父親も傍《そば》にいた。

「小柴洋子……、さて？」

「魚商のソフトボール部の二コ下だった人だよ」

「あ、そう、そう。小柴のヨーコちゃんねえ。懐かしいわ、その名前。で、恵、その小柴のヨーコちゃんがどうかしたの？　何かあったの？」

「硬式野球部の監督なんだ」

「へー、そうなの。あのヨーコちゃんがねえ。えっ、ということは、恵、あなた、まさか……」

「硬式野球部に入ったのか」

ここで初めて、父親が口を開いた。

「はい」

ボクは頷いた。

「恵、あなたは中学の時、全然駄目だったじゃない。運動選手には向いていないのよ、きっと。それなのに、どうして……」

「いろいろ経緯があってね。話せば長くなる」

遠藤先輩が目当てだなどという不純な動機は、この際伏せておいた方がいい。

「自分で決めたのか」

父親の言葉に異様な迫力があった。

「え、恵、自分で決めたのか」

父親が念を押す。

「はい、自分で決めました」

ボクは父親に負けじと、強い口調で言った。

「そうか、それならいい。自分で決めたことだ。男なら最後までやり抜け。お父さんは反対しない」

「でも、お父さん……」

母親はオロオロしている。

「恵が自分から何かをやりたいと自己主張するのは初めてじゃないか。私はそんな恵の意志を尊重したい」

「ありがとう、お父さん」

ボクは頭を下げた。

「仕方ないわね。それじゃ、お母さんも恵を応援するわ」

「ありがとう、お母さん」

母親にも頭を下げた。

「いろいろ必要になってくるわね」

「とりあえずグローブとスパイク。それから、ユニフォーム一式。練習用と試合用を。できればバットも」

「はいはい、わかりました。途中で音を上げるんじゃやないわよ」

「わかっているって」

「ヨーコちゃんにもよろしく言っといて。今度練習見に行こうかしら」

「恥ずかしいからやめてよ。少し上達してからにしてよ」

「高校野球の監督が、女か……。世の中変わったもんだ」

父親が呟《つぶや》いた。

その夜、ボクは疲れもあり、熟睡した。

5

翌日。

退屈な授業が、今日もあっという間のスピードで終わった。

放課後。

ボクはのろのろと身支度する。これから練習だと思うと、気が重い。

昨日、あれだけ醜態をさらけ出したんだ。先輩たちはどんな目でボクを見るだろう。特に遠藤先輩は……。

「おい、村椿。野球部の先輩が廊下に来ているぜ」

橋本が言う。

えっ、と思い、教室の中から廊下を見ると、何と遠藤先輩がすでにユニフォームに着替えて立っている。何人かの女子生徒が嬌声《きょうせい》を上げながら、周りを取り巻いている。

遠藤先輩……。

ボクは急いで廊下に出た。

「遠藤先輩、どうしたんですか？」

「やあ、村椿、迎えに来たぞ」

ええっ。迎えに来たって、三年生が、しかも主将が一年生を迎えに来るって聞いたことがない。

「昨日の今日だからな。もう逃げ出すんじゃないかと思ってな。だからこうしてここまで来たんだ」

「それはどうも。ありがとうございます」

「辞めるなんて言わないよな。君は我が魚津商硬式野球部の貴重な戦力だ。君がいてくれなくては困る。春の県大会にも出場できなくなる。続けてくれるだろ？」

「ボクは、そのつもりです」

「よかった」

遠藤先輩がわざわざ迎えに来てくれたんだ。もう辞めます、なんて口が裂けても言えるわけがない。

「でもボクは下手くそで、皆さんの足手まといになるんじゃ……」

「いいんだ。そんなことは」

ボクは遠藤先輩と肩を並べて歩いた。すれ違う女子生徒が、こぞって振り返る。羨望の眼差しを送ってくる。

「君は練習次第で、上手くなると思う」

「そうですか……」

中学時代もそれなりに努力したつもりなのに、一向に上達しなかった。自分には野球の才能が皆無ではないのか、とボク自身平生思っていた。

「君、中学の時はバッティングピッチャーだったんだってな」

「は、はい……。ど、どうしてそれを？」

「君が帰った後、高橋君から聞いたよ」

みづき、また余計なことをしゃべりやがって。

「今日から投げてくれないか。今まで少人数のせいもあり、満足にバッティング練習できなかったんだ。バッティングマシーンも今故障しているしな。よろしく頼む」

「ボ、ボクでよかったら、お安い御用です」

遠藤先輩の役に立てる……。

こんなうれしいことはない。ちょっぴり明るい気分になった。

遠藤先輩と体育館で別れ、ボクは急いで着替えをした。


その日の練習から、ボクは守備練習ではライトを守り、打撃練習ではバッティングピッチャーを務めることになった。

硬球は軟球と違い、石のように固く重い。さらに、すべる。握力が女子並みに弱いボクは、ロージンをふんだんに使いながら先輩たちにぶつけないように気を配って投げた。

皆、気持ち良さそうに快音を響かせる。

打たせているボクも快感を覚えた。

遠藤先輩が右バッターボックスに立った時は、特に緊張する。四番を務める遠藤先輩の好きなコースは、内角高めだ。

ボクはそのコースに、丹念に投げ込む。

思い切りフルスイングしてジャストミートした打球は、外野のはるか頭上を軽々と越えていく。

遠藤先輩が笑顔を見せる。ボクも笑顔だ。役立てて嬉しい。

自分自身の打撃練習は、もっぱら素振りの段階で小柴監督の指導を受けていた。

「ヘッドアップするのは顎《あご》が上がって右脇が甘くなるからなのよ。だから顎を引き締め、右脇を身体から離さないようにしてレベルスイングすれば打てるようになるわ」

その言葉通りにイメージしてスイングしてみる。そしてバッターボックスに立つ。何とか掠《かす》ることはできるようになったが、なかなか前には飛ばない。ファウルチップがやっとである。

素振りを繰り返したため、両手にマメができた。擦り傷も痛い。こちらの方は、まだ少々時間がかかるようである。

一方ライトの守備練習では、小柴監督の我慢強い指導のおかげか、十球のうち一球は捕れるようになった。

「ナイスキャッチ！」

初めて飛球を捕った時の感触は、忘れられない。先輩たちが全員拍手してくれた。笑顔が弾ける。

野球って、楽しいスポーツなんだ。

生まれて初めて、そう実感した。

こうなると、練習するのが面白くなってきた。モチベーションも上がる。

連日授業が終わると一目散に着替え、グラウンドに出るようになった。

一番乗りを果たしグラウンドを整地していると、用具を片手に続々と先輩たちがやってくる。ボクの次にやってくるのは、決まって遠藤先輩である。

さすが、主将だな。

ボクは感心していた。

「グラウンド整備は皆がそろってからやるから、一年生だからといって、そんなに早く来て自分一人でやらなくてもいいんだよ」

優しい言葉も掛けてくれる。それだけで、ボクは天にも昇る気分になってしまう。

よし、今日も頑張るぞ。

何とか遠藤先輩の足を引っ張らないようにしたい。

ボクは練習に没頭した。

そうこうしているうちに、春の県大会の組み合わせが決まった。一回戦の相手は、八尾《やつお》工業だ。

「どんな相手なんですか？」

ボクは先輩たちに尋ねた。

「まあ、ウチといい勝負ができる相手だよ」

皆、笑顔で答えてくれた。大した相手ではないらしい。ボクもホッとした。

そして、ボクの試合用のユニフォームが出来上がってきた。白地で胸に紺色のUOZUというマーク。背中には背番号9が縫い付けられている。

ボクは感激した。ユニフォームをもらった日の夜、着たまま眠ってしまったほどだ。

対戦相手も決まり、厳しい練習が続いた。

「おまえら、何やってるんだよ！」

ミスをすると、小柴監督から容赦ない檄《げき》が飛んだ。

「やる気があるのか、やる気が！」

ただ、ボクだけは特別扱いだった。ミスしても怒鳴られない。

まだ〝お客さん〟待遇なのだろうか。そのことが、若干不満だった。

早く一人前になりたい。

ボクは夢中で白球を追った。

春の県大会一回戦の前日。

練習後のミーティングで、小柴監督がボクたち選手を集めて訓示した。

「いいか、おまえら。明日は今までの練習の成果を十分発揮するのよ」

「おーす」

「思い切り暴れ回ってちょうだい」

「おーす」

「いいなっ」

「おーす」

「よし、じゃあ、明日のスターティングメンバーを発表する」

小柴監督はメンバー表を取り出し、読み上げた。

「一番ショート　田辺《たなべ》千尋《ちひろ》
二番レフト　島倉《しまくら》薫《かおる》
三番センター　樫本真緒《まお》
四番ピッチャー　遠藤美千留
五番キャッチャー　廣田《ひろた》光《ひかる》

六番ファースト　三島翔《みしましょう》
七番サード　宮本克樹《みやもとかつき》
八番セカンド　城佳己《じょうよしみ》
九番ライト　村椿恵
以上だ。明日からのおまえたちの健闘を祈る」

「おーす」

小柴監督は颯爽とフォルクスワーゲンゴルフで立ち去った。

いよいよ明日だ。

ボクは軽く武者震いした。

そんな時、遠藤先輩から声を掛けられた。

「今日これから時間あるか？」

「は、はい」

たとえ用事があっても、ないとは言えない。

「着替えを終えたら、ついて来てくれ」

な、何だろう。

明日に備え、場所を変えて二人で極秘練習でもするのだろうか。

遠藤先輩を先頭に、ボクとみづきが自転車を引きながらトボトボと後に続き、歩く。

それにしても、遠藤先輩と二人きりだったら嬉しいのに、なんでみづきもついて来ているのだろう。

「どこへ行くのですか？」

みづきが遠藤先輩に尋ねる。

「ついて来ればわかる」

それだけ言って、遠藤先輩は前に進む。

学校を出発してから、十五分くらい歩いただろうか。ボクたちは、駅前の繁華街に到着した。

「ここだ」

遠藤先輩は足を止め、指差す。

指の先には、居酒屋があった。暖簾《のれん》に『仙吉』とある。

い、居酒屋……。こんなところで何を……。

「入るぞ」

「ち、ちょっと待って下さい。遠藤先輩っ」

ボクとみづきは慌てて自転車を止め、鍵をロックした。

健全な高校球児が居酒屋に入るなんて、マズイんじゃないのか……。高野連にチクられたら、それこそ出場停止処分なんかになるんじゃ……。

そう言おうと思ったが、言葉が上手く口から出てこない。

「遠藤先輩、高校生がこんな店に入るなんて、大丈夫なんですか？」

みづきがボクの気持ちを代弁してくれた。

「ああ。酒を飲まず、飯を食うだけだから大丈夫だよ。それにこの店は、特別なんだから」

「特別……？」

ボクとみずきは顔を見合わせた。何か釈然としない。

遠藤先輩は構わず店の中に入っていった。ボクとみづきも仕方なくついていく。

「いらっしゃい」

威勢のいい掛け声がボクたちを出迎える。

店はこぢんまりとしており、L字型のカウンター席が八席と奥に座敷があるだけだった。

店員も声を掛けた四十前後の男が一人いるだけである。客はカウンター席に二人いた。

「大貫《おおぬき》さん、ご無沙汰しております」

遠藤先輩はこの店員に会釈した。

「おーっ、久し振り」

大貫と呼ばれた男は、笑顔をみせた。

「奥、空いてますか」

「おう、空いてるぞ。どうぞ、どうぞ」

ボクたち三人は奥の座敷へと足を進めた。

「よっこら、しょっと」

遠藤先輩が年寄りくさい掛け声を発して腰を下ろす。

「ここ、どういう店ですか？」

「ただの居酒屋だよ」

ボクはキョロキョロあちこち眺め回す。どうも落ち着かない。居酒屋に入るなんて、人生初めての経験だ。みづきもいつもの元気はどこへやら、借りてきた猫のようにおとなしくなっている。

「ははは、そう不安がるな。楽にしてろ、楽に」

遠藤先輩が笑い飛ばす。

「この店、よく来るのですか？」

ボクは尋ねた。

「まあな」

「どうも、ようこそ」

そこへ大貫さんがお絞りとお通しを持って、座敷に顔を出す。

「ここの大将、大貫さんは我が魚商硬式野球部の頼もしいＯＢの一人で、ＯＢ会の世話人を務めているんだ。最後に魚商が甲子園に出場した時の主将だったんだ。私の家は両親共働きで母親の帰りがいつも遅いから、ちょくちょく食事に寄らせてもらっているんだ」

お絞りを受け取りながら、遠藤先輩が言う。

「いつもお世話になっております」

ボクとみづきにもお絞りを渡しながら、大貫さんが頭を下げる。

「大貫さん、紹介します。今年入部した新入生二名です。さあ、自己紹介して」

「む、村椿恵です」

「高橋みづきです。マネージャーです」

ボクとみづきは促されるまま挨拶した。

「そうか、そうか」

大貫さんは相好を崩した。

「是非、魚商の甲子園出場のために頑張ってくれたまえ」

「は、はい」

ボクは、小さい声で返事した。

「この村椿君が入部してくれたおかげで、明日からの春の県大会に出場できることになったんです。だから、今日はささやかな激励会のつもりでここに顔を出したんです」

遠藤先輩はにこやかに言う。

「噂には聞いていたが、君が救世主の一年生部員か……。よくぞ硬式野球部に入ってくれた。ＯＢを代表して、礼を言うよ」

「いや、そんな……」

身の置き所に困る。

「よし、今日は店の奢《おご》りだ。何でも飲み食いしてくれ。もっとも小さい店だから、あまり大したものは出せないがな。じゃんじゃん注文してくれ」

「大将、とりあえず烏龍茶を下さい。喉《のど》が渇いて仕方がない。食べ物はいつものコースで。君たちはどうする？」

遠藤先輩がボクとみづきにメニューを見せながら言った。

「同じでいいです」

「私も」

ボクとみづきは言った。

「遠慮しなくてもいいんだよ。高橋君と、えーと、む、む」

大貫さんが言葉に詰まった。

「村椿です」

ボクは助け舟を出した。

「そうそう、村椿君。ん？　村椿……、村椿といえば……」

大貫さんは何か閃《ひらめ》いたようだ。それはボクにとって幾度となく繰り返されてきた質問だった。

「富山県の高校野球界では伝説となっている、あの名投手のお孫さんか何かかい？」

「いえ、違います。ただ、直接的な血のつながりはないけど、一応遠縁に当たります」

ボクは慣れた口調で答えた。

「そいつは、すごい」

大貫さんがじっとボクを見つめる。

「君のポジションは？」

「今回ライトを守ってもらっていますけど、本来はピッチャーです。しかもサウスポー」

ボクを制して、遠藤先輩が横から口を出した。バッティングピッチャーとは言わない。

「すごいじゃないか」

大貫さんが唾を飛ばす。興奮している。

「ただ人数合わせのためだけではないんだな」

大貫さんはボクの実際のプレーを見ていないからな。

ボクは照れた。

「今はまだ硬球を握ったばかりだから、期待に添えるようなプレーはできないかもしれませんけど、明日からの県大会で経験を積んだら、夏には貴重な戦力になってくれると思っています」

遠藤先輩が力を込めて言う。

「そうか。まあ、ここ何年か部員数が少なくまともに試合ができなかったが、人数は揃った。これで安心して戦えるな。試合さえできれば遠藤がいるし、打線の振りも鋭いから上位進出、あわよくば久々の甲子園出場を狙えるぞ」

大貫さんはなおも続ける。言葉に熱がこもっている。

「よーし、今年の夏が楽しみだな。その時はＯＢ会に働きかけて総動員で応援に繰り出すとにしようか。夏前はこんな小さな店じゃなく、旅館を借り切って盛大な激励会を行なうことにしよう」

「大貫さん、気が早いですよ」

「そうかい、えへへへ」

愛想笑いをしながら、大貫は板場に戻っていった。

遠藤先輩はボクとみづきに向き直る。

「という訳だ。明日頑張ってくれたまえ」

そう言って見つめられると、ボクはそれだけでへなへなと腰が砕《くだ》けたようになる。ボクと遠藤先輩はテーブルをはさんだ、ほんの一メートル弱の至近距離に座っている。クリームのような甘い香りが漂ってくる。

そういえば、
ふと、思った。

遠藤先輩に限らず野球部の先輩たちは、誰もが甘い匂いを発散させている。

汗と涙は高校野球の定番であるが、涙はともかく、先輩たちからは汗の匂いがほとんどしないのだ。主将の遠藤先輩を筆頭に、皆さわやかな香りがする。同じローションを使っているのだろうか。周囲に不快な思いをさせたくないための配慮からか、本当に汗臭くない。

「あのう、遠藤さん……」

そのことを問い質してみようと思った。

「ん？　何だ？」

遠藤先輩と目が合う。それだけでボクは胸が高鳴り、委縮《いしゅく》した。

「いえ、何でもないです」

尋ねることを断念した。

「へい、お待ち！」

その時、大貫さんがグラスに入った烏龍茶を持って座敷にやってきた。

遠藤先輩が嬉しそうに三つのグラスを各自の元へ仕分ける。

「来たか、来たか」

「よし、乾杯だ。乾杯っ！」

そう言って、遠藤先輩は我先に烏龍茶をごくごくと喉を鳴らしながら一気に飲み干した。

「大将、お代わりーっ」

遠藤先輩が叫ぶ。

「あいよ」

大貫さんが返答する。

ボクとみづきは、ちびちびと烏龍茶を飲んだ。

やがて、コース料理が運ばれてきた。

遠藤先輩は旺盛な食欲を見せ、出てくる料理を次々に平らげる。

ボクとみづきも黙々と箸を動かした。味は悪くない。
これで遠藤先輩と二人きりなら、最高なんだがな。
ボクはあらぬ妄想を膨らませていた。
春の県大会前夜は更けていった。

第三章　春の県大会

1

春の県大会。

一回戦。対八尾工業戦。

於、高岡《たかおか》城《じょう》光寺《こうじ》球場。

ボクたち魚津商業硬式野球部の選手は、いったん学校に集合してからユニフォームに着替え、マイクロバスに乗って球場に向かう。

専用マイクロバスがある。ＯＢ会から寄贈されたものらしい。甲子園にしばらく出ていないとはいえ、こんなところに硬式野球部の伝統を感じる。運転手もＯＢ会の人だ。

記録員を務めるみづきも、なぜかユニフォーム姿だ。最近はマネージャーもユニフォームを着用するのだろうか。その上に、ウインドブレーカーを羽織っている。

バスが出発した。

ボクはドキドキしていた。脈拍数が相当高い。

窓に映る自分の顔を見ると、青白くて情けないくらい虚ろな表情をしている。

こんな顔つきで、試合に出てもいいのだろうか。

だが、今のウチには選手が九人ギリギリしかいない。代わりの人間などいないのだ。

「村椿、どうだ気分は？　だいぶ緊張しているみたいだが」

遠藤先輩がそんなボクの心境を察して、声を掛けてくれた。

「はあ、あの……、その……」

ボクは答えにならない言葉を発した。

「ははは、大会の試合前は誰だって緊張するもんだ。気を落ち着かせろ。自分だけが、なんて思わず皆同じなんだと思い込むんだ」

「わ、わかりました」

「まあ、入学したての一年生だから、無理もないな。ははは」

ボクは遠藤先輩のアドバイスに従うことにした。

皆同じ、皆同じ、皆同じ……。

もうジタバタしても始まらない。腹をくって、やるしかないのだ。遠藤先輩のためにも……。

そう思うと、少し気持ちが和らいできた。

先輩たちも、ボクが入部して初の対外試合である。練習でしか知らない皆さんの実力はいかがなものだろうか。大貫さんは、上位進出を狙えるチームだと昨夜言っていたが……。

バスが球場に着いた。

「魚津商業さん、急いで下さい」

着くやいなや、大会の係員が駆け寄ってきた。前の試合の進行が、予定よりかなり早いらしい。

ボクたちは自分の荷物とヘルメット、バット、ノック用のボールを手分けして隣接するサブグラウンドに運び込んだ。普通の学校ならば荷物の運搬は一年生の仕事であるが、魚商の一年生はボクとマネージャーのみづきしかいないので、三年生が健気に手伝ってくれた。

アップ、ストレッチ、キャッチボール、トスバッティングをこなして慌ただしく球場に入った。ちょうど前の試合の終了を告げるサイレンが鳴り響いていた。

一塁側ベンチに陣取り、試合前のノックを行なった。その後、ベンチ前で小柴監督を中心に円陣を組んだ。

「この大会は本来ならば出場できなかったかもしれない大会よ」

「おーす」

「だから出場できる喜びを思い切り噛みしめてプレーして欲しいわ」

「おーす」

「夏の大会の前哨戦だと思ってね」

「おーす」

「身体全体で自分自身をアピールしてね」

「おーす」

「結果は自ずとついてくるわ」

「おーす」

「以上」

「おーす」

小柴監督は円陣を解いた。

先輩たちは皆、やる気に満ちた表情を浮かべている。

ボクは依然一人、オロオロしていた。身体が小刻みに震えている。

「おい、大丈夫か?」

遠藤先輩が笑顔を見せながらボクの肩を叩いた。

「……は、はい……」

「安心しろ。ライトには打たせないよ」

「は、はい、お願いします」

両校、ベンチ前に整列した。ボクもグローブをはめて先輩たちの最後尾についた。

魚津商業は後攻である。

審判団が出てきた。

両校、掛け声とともにホームプレート上に駆け寄る。

いよいよ試合開始だ。

挨拶の後、ボクは一目散にライトのポジションへと走った。

ポジションにつくと大きく息を吸い込み、空を仰ぎ見た。

雲一つない青空だ。

何度か深呼吸を繰り返すと、また少し気持ちが落ち着いてきた。

観客は甲子園出場とは直接関係ない春の県大会だからか、まばらである。

マウンド上には右投げの遠藤先輩が立っている。

遠藤先輩が試合で投げるのを見るのは、これが初めてだ。はたして、どういうピッチングを見せるのだろうか。

「プレーボール！」

主審の手が上がった。

ボクは唾を飲み込んで、構えた。

八尾工業の一番バッターは右打ち。

対峙する。

遠藤先輩が一球目を投げる。

ストレート。

バッター、見送り。

「ストライク！」

よし、いいぞ。

遠藤先輩はキャッチャーから返球を受けるとすぐにサインをのぞき込み、二球目を投げた。

またもやストレート。

バッターはこれも見送り。

「ストライク！　ノーボール、ツーストライク」

よし、二球で追い込んだ。

三球目。

遠藤先輩が投げる。

今度はスローカーブ。

バッター泳がされて空振り。

「ストライクバッターアウト！」

三球三振である。

遠藤先輩、いい調子だ。

「ワンアウト、ワンアウト」

守っている野手の先輩たちが、全員指を一本立てて声を上げる。ボクも真似て、声を張り上げる。

続く二番バッター。左打ち。

これまた三球三振で、ツーアウト。

三番バッター。右打ち。

カウント0―1からの内角ストレートを打ちにいったが、詰まってショートゴロ。田辺先輩が難なくさばき、ファーストの三島先輩に送って、スリーアウトチェンジ。

ボクはそれを見届けてから、一塁側ベンチに駆け戻った。

八尾工業、一回表の攻撃、三者凡退。

いいぞ、遠藤先輩。いい立ち上がりだ。

ボクは心の中で称賛した。

ベンチ前で、円陣が組まれる。

「ナイスピッチング、遠藤」

「いいぞ、いいぞ」

「その調子だ」

野手の先輩たちから、さかんに声が掛かる。

「さあ、今度はこちらの攻撃よ」

「おーす」

「狙い球を絞って、積極的に打っていこう」

「おーす」

小柴監督のハッパに皆が答える。円陣は解かれた。

魚津商業の先頭バッターは、先ほどゴロを処理した田辺先輩。左バッターボックスに入り、しきりに足場をならす。

「いくぞーっ」

声を出して、八尾工業のピッチャーと向き合う。

一球目。

ピッチャーが投げる。

真ん中ストレート。

その球を、田辺先輩はいきなり三塁側にセーフティーバント。

そして、走る、走る、走る。

八尾工業のサードがボールを摑んだ時には、もう一塁ベースを駆け抜けていた。

内野安打。ノーアウト一塁。

「いいぞーっ、田辺」

一塁側ベンチから歓声が上がる。

二番は、右打ちの島倉先輩。小柴監督からのサインに頷く。

一球目。

ピッチャーが投げると同時に、一塁ランナー田辺先輩がスタート。投球はストレートで、
外角高めに外れた。

キャッチャーが即座に二塁に送球するが、田辺先輩は悠々二塁を陥《おとしい》れた。

これで、ノーアウト二塁。

一塁側ベンチはさらに盛り上がる。

次の二球目。

島倉先輩は難なく送りバントを決め、ワンアウト三塁。
先制のチャンスである。
ここでバッターは三番樫本先輩。右バッターボックスに入る。
強打か。それとも、初回からスクイズか。
ボクは試合の行方を見守った。
一球目。
外角低めのストレート。
樫本先輩、見送り。
「ボール」
二球目。
内角低目のスライダー。
これまた、見送り。
「ボールツー」
カウントは、ツーボールノーストライク。
八尾工業のバッテリーは、明らかに警戒している。
樫本先輩はバッターボックスから離れ、二、三度素振りをした。

三球目。

八尾工業のピッチャーは目で三塁ランナーの田辺先輩を牽制しながら、投げる。

真ん中高めの甘いストレート。

樫本先輩は、この球を見逃さなかった。強振する。ジャストミート。

打球は、センター後方へ。

バックする。バックする。バックする。

頭上を越すか、と思ったがやや力んだせいで球はフェンス手前で失速し、センターのグラブにおさまった。

だがタッチアップで、三塁ランナーの田辺先輩、楽々ホームイン。

1対0。魚津商業、1点先制。

湧き上がる一塁側ベンチ。

さらに攻撃は続く。

四番はチームの大黒柱、愛しの遠藤先輩。右打ち。

試合早々に先制点を奪われ、気落ちしている八尾工業ピッチャーの初球を狙った。

カキーン！

快音を響かせ、打球はレフトオーバー。

フェンスに直接当たる、二塁打。
ナ、ナイスバッティング。
五番廣田先輩も続いた。

右バッターボックスから、三遊間を破るレフト前ヒット。

遠藤先輩は、自重して三塁でストップ。

ツーアウトながら、一、三塁。

我が魚津商業は攻撃の手を緩めない。

六番左打ちの三島先輩、七番右打ちの宮本先輩がともにセンター前に連打して、遠藤先輩、廣田先輩が相次いでホームイン。

これで、3対0。なおも、ツーアウト一、二塁。

そして、八番右打ちの城先輩もショートへ内野安打。

ツーアウト、満塁。

次のバッターは、ボク。

一回の攻撃で、早くも打席が回ってきた。

胸が早鐘を打っている。

「村椿、楽に。昨夜の作戦通りにだぞ」

遠藤先輩の声が響く。

「昨夜の作戦……？」

ベンチの他の先輩たちが、怪訝《けげん》な顔を遠藤先輩に向ける。

ボクは左バッターボックスに入りながら、昨夜『仙吉』で授かった遠藤先輩直伝の作戦を思い出していた。

「いいか、村椿。よく聞いてほしい」

遠藤先輩が言った。

「は、はい」

「君の打撃は、全く駄目だ。バットにボールが当たる確率は、極めてゼロに近い。打率がいくつ、というレベルでない」

「……はい」

悔しいが、その通りだ。

「そこでだ。バッターボックスに入ったら、バットを振らず、ただ突っ立っていろ。フォアボールかデッドボールを狙うんだ。特にランナーがいる時、下手に打ってダブルプレーになるよりよっぽどいい。消極的な考えだが、その方が今の君に合っていると思う」

「は、はあ」

「ピッチャーの立場から言うと、ただ立っているだけのバッターには投げにくい面がある。君は小柄でもあるからな。バッターボックスのホームベースから一番離れたところに突っ立つんだ」

「はい」

「〝A作戦〟、別名〝カカシ作戦〟だ」

「カカシ作戦……」

「カカシは漢字で、案山子《あんやまこ》と書く。だから『A作戦』なんだ。今の君にピッタリだ」

「はあ……」

「明日からの大会で、君のバッティングには全く期待していない。不本意と思うかもしれんが、とりあえず実行してみてくれ。このことは、小柴監督にも了承してもらっている」

「わ、わかりました」

遠藤先輩の提案を、断ることなどできない。

ボクは八尾工業のピッチャーと対峙した。

バットを振らなくてもいいんだ。ただ立っているだけでいいんだ。

そう思うと、気が楽である。
一球目。
内角低目のストレート。
見送る。
「ボール」
二球目。
内角高めのストレート。
またもや見送った。
「ボール、ツー」
このボクを警戒しているのだろうか。
カウント、２―０。
三球目。
外角低めのスライダー。
明らかに外れている。
「ボール、スリー」
念願のフォアボールまで、あと一球……。

「いいぞ、バッター。球見えてるよ」

一塁側ベンチから声が出る。

ボクは構え直した。

四球目。

真ん中高めのストレート。

これも高い。

見送った。

「ボールフォア」

やった。作戦成功だ。攻撃をつなげることができた。しかも押し出しで、打点1。

興奮気味のボクは一塁へ向かった。

4対0。

「ナイス選、村椿」

ベンチ前でキャッチボールをしていた遠藤先輩が喜んでいる。その嬉々とした姿を見るだけで、ボクも嬉しくなる。

打者一巡となった。

続くこの回二度目の打席となった一番の田辺先輩はセンターフライを打ち上げてしまい、

スリーアウトチェンジ。魚津商業の長い攻撃は、4点で終わった。

先輩たち誰もが笑顔である。

初回の攻撃で、魚津商業はこの試合の主導権をがっちり握った。

そして二回以降も、遠藤先輩のピッチングは冴える。相手の打ち気を巧みにそらして、ヒットを許しても、連打にはさせない。八尾工業のスコアボードに、0を刻み込んでいく。

ボクが守るライトには、一球も飛んで来ない。どうやら右バッターには内角を、左バッターには外角中心の配球をしているようだ。

遠藤先輩、気を使ってもらって、すみません。

攻撃の方も、着々と追加点を積み上げていく。四回に1点、七回に1点挙げた。

6対0。

ただボクは、二打席目以降の全打席、見送り三振に終わった。そう、うまくいかないもんだ。

九回表。

遠藤先輩は少し疲れたのか、八尾工業に1点を献上した。が、そのまま逃げ切り。

6対1で、魚津商業の勝利。

笑顔が弾ける。

か、勝ったーっ。

ボクは勝利に湧き立つ先輩たちの輪の中に溶け込んだ。

「初回の攻撃でよくフォアボールを選んだな。こういうこともあるから、まずは案山子《かかし》作戦、成功だな」

遠藤先輩が駆け寄って来て、ボクに声を掛けてくれた。

「はいっ」

「次も頼んだぞ」

遠藤先輩がボクに握手を求めてきた。

「はいっ」

ボクは握り返した。こんなに嬉しいことはない。

「よくやったわ。この調子で二回戦も頑張るのよ」

小柴監督がねぎらう。

「おーす」

皆、笑顔でベンチを引き上げる。

ボクも充実感でいっぱいだった。

野球って、野球って本当に楽しい。本当に素晴らしい。

足取りは軽かった。

このままの夢心地気分が、永遠に続けばいい……。

ボクは真剣にそう思った。

2

春の県大会。

二回戦。対高岡市立《たかおかしりつ》戦。

於、魚津桃山《うおづももやま》球場。

この日もボクたち魚津商業硬式野球部は優位に試合を進めた。

一回表、遠藤先輩がピシャリと高岡市立の攻撃を封じ込めると、その裏またもや初回から打線が爆発した。

一番田辺、二番島倉両先輩がいきなり連打で、ノーアウト一、三塁。

三番樫本先輩がボールを見極めて、フォアボールで出塁。ノーアウト満塁。

ここで四番の頼りになる主砲遠藤先輩が、三遊間を破るレフト前ヒット。1点先制。

後続の先輩たちも、攻撃の手を緩めなかった。

五番廣田先輩。センター前ヒットで、1点追加。2対0。なおも、ノーアウト満塁。

六番三島先輩。ライトへ犠牲フライ。1点追加。3対0。ワンアウトで、塁上のランナーは、一、三塁。

七番宮本先輩。思い切り引っ張り、レフト線を破るツーベース。遠藤先輩、そして一塁から廣田先輩も長駆ホームインして、5対0。まだワンアウトで、ランナーは二塁に残っている。

高岡市立はここでタイムを取り、早くもピッチャーを替えてきた。登板してきたのは、小柄なサウスポーで、ボクと似たようなタイプだ。

規定の投球練習を終え、試合再開。

八番城先輩がバッターボックスに入る。

その初球。慣れないマウンドのせいか、高岡市立のピッチャーは足を取られ、あらぬ方向へ暴投してしまう。

宮本先輩は、三塁へ。ワンアウト三塁。

そして二球目、城先輩は宮本先輩との間でスクイズを敢行し、見事成功。ツーアウトになったが、1点追加。6対0。ランナーはいなくなった。

続いての九番は、ボク。

「よーし、村椿、いけっ」

ベンチは押せ押せムードである。

ボクは遠藤先輩との約束通り一回戦に引き続いて案山子作戦を継続させることにした。

しかし3―2まで粘ったが、あえなく三振。

カッコ悪、と思いながらベンチ前でキャッチボールをしている遠藤先輩を見ると、にこやかな笑顔を浮かべていた。

長い、一回裏の攻撃が終わった。

守りにつく先輩たちは皆、明るいムードに包まれていた。ボクも例外でない。

先輩たちの打力は、凄い。よく打つなぁ。

感心してした。

ボクもあんな風にかっ飛ばしてみたい。でも、今のボクの技量では到底叶わない。

人知れず行っている素振りの回数を増やすか……。でも、マメができて手のひらが痛くなるからなぁ。

「スリーアウト、チェンジ」

そんな考え事をしているうちに、守備は終わった。打球は飛んで来なかった。相変わらず遠藤先輩と廣田先輩のバッテリーは、ライトへ打たれないように苦心しているようだ。少し、胸が痛む。

二回以降の攻撃でも、魚津商業打線は火を噴いた。

二回に1点。三回に2点。そして、四回に5点追加した。

めった打ちである。

高岡市立の出てくるピッチャーを、次々に打ち崩した。二打席目、三打席目とも見送り三振のボク以外は、全員ヒットを記録した。

スコアは、14対0。

この春の県大会では五回で10点差、七回で7点差開くとコールドゲームになるローカルルールがある。

五回表。

ボクたちは依然明るい表情で守備についた。

「しまっていこーっ」

キャッチャーの廣田先輩が声を張り上げた。

ボクは構える。大差がついているから、気が楽だ。

そしてどうやら相手の高岡市立は、戦意を喪失してしまったらしい。

遠藤先輩はこの回の先頭バッターをレフトフライ、次のバッターをショートフライに打ち取り、簡単にツーアウトとなった。

「ツーアウト、ツーアウト」
守備についている先輩たちは盛んに声を掛ける。
高岡市立は代打を送ってきた。
それでも遠藤先輩はひるまず、声援をバックに、力のこもったピッチングを見せる。
ノーボールツーストライクと、あっさり追い込んだ。
三球目。
遊ぶつもりは毛頭ないようだ。
投げる。
ウイングショットのフォークボール。
バッター、呆気なく空振り。
「ストライクバッターアウト、ゲームセット！」
主審が叫ぶ。
試合終了。
14対0で、五回コールド勝ち。圧勝である。
ボクたちは喜びを爆発させた。
どの顔も笑顔で満ち溢《あふ》れている。

「やったーっ、三回戦進出だっ」

「大会に出場できただけでも御の字だったのに、夢のよう……」

「このままの調子で、優勝狙ってみますか、ええっ？　ははは」

先輩たちは口々に言い合う。

喜びの余韻は帰りのバスの中まで残っていた。

「今日はナイスゲームだった。よく投げ、よく打ち、よく守り、よく頑張ったわ」

小柴監督が手放しで褒めた。

「その中でも今日のＭＶＰは村椿君ね」

ボクの方に目を向けて言う。

先輩たちが全員頷く。

えーっ！

ボクは驚いた。

どうして？

「ちょっと待って下さい。どうしてボクが今日の試合のＭＶＰなんですか？」

ボクは立ち上がった。勢いよく、抗議する。

「今日のボクは三打数三三振だったじゃないですか。どう考えてもおかしい。どういうことですか。ボクをからかっているんですか⁉」

「まあ、まあ、落ち着け」

遠藤先輩がなだめにかかる。

「だって、遠藤先輩……」

「一回戦、そして今日の試合と打線が活発なのは、君がバッティングピッチャーを務めてくれたからだ、と皆言っているんだ」

「そう、そう」

「そう思う」

「その意見に賛成！」

先輩たちの声がバスじゅうに充満する。

「君の球を打ち込んだおかげで、今打線が好調なんだ。それは間違いない。君の球は素直な軌道で、本当に打ちやすい。私も君がＭＶＰだと思う」

「そんな……」

ボクは赤面した。そのまま座り込んだ。

恥ずかしい……。

こんなに人に褒められたのは生まれて初めてだ。感無量である。

「これからも、よろしく頼む」

「……はい」

ボクは小さく答えた。

「ただバッティングの方は君の言う通り、全打席三振。いただけないわねえ。せっかくバットを持って打席に入るのだから、振ってみれば」

小柴監督が指摘する。

ボクは遠藤先輩の顔を見る。

「全打席フォアボール狙いの案山子作戦は見破られたかな。これから相手も研究してくるだろうし、次の作戦を考えなければならないかもな」

遠藤先輩が苦笑しながら言った。

「守備の方も今まで幸運なことに一球もライトに飛んでないが、これから対戦する強豪校相手にはそう上手くはいかないだろう。次の試合からは打球が飛んでくると思って、気を引き締めて守ってくれ」

「は、はい」

ボクはギュッと両手を握りしめた。

「とりあえず三回戦進出だ。次も頑張ろう」

小柴監督が号令をかける。

「おーす」

喜びの歓声が弾け飛んだ。

3

春の県大会。

三回戦。対富山西南《とやませいなん》戦。

於、富山県営《とやまけんえい》球場。

富山西南は昨年秋の大会でベスト4まで勝ち進んだ強豪校だ。今大会のシード校でもある。

それだけに、今まで以上に気合いが入る。

試合は富山西南が先攻で始まった。

初回、遠藤先輩は一、二回戦同様三者凡退に抑えた。上々の立ち上がりである。

その裏、いつもの先制攻撃を、と意気込んでみたが、富山西南のピッチャーに0点に封じられた。相手も調子良さそうである。

スコアボードに0行進が続いた。

遠藤先輩が踏ん張る。富山西南のピッチャーも踏ん張る。お互い譲らない。

ライトには相変わらず打球が飛んで来ない。苦心のリードを続けてくれているようだ。本当に助かる。

一方、バッティングの方は二打席連続三振。案山子作戦、不発である。富山西南のピッチャーは明らかにこちらの意図を汲み取っているみたいで、上から目線でボクを二打席とも三球で三振に仕留めた。ボクはすごすごとベンチに引き下がった。

試合は瞬く間に九回に進んだ。

遠藤先輩はここまで、五安打無失点。富山西南のピッチャーは、僅《わず》か一安打無失点。がっぷり四つである。遠藤先輩も凄いが、相手はもっと凄い。さすが、シード校である。

九回表、力んだか遠藤先輩が珍しく先頭バッターをフォアボールで歩かせてしまった。

次のバッターが送りバントを決め、ワンアウト二塁。

ピンチだ。

富山西南のベンチは湧き上がっている。

ボクは唾を飲み込んだ。

「ピッチャー、頑張れ！」

大きく声を掛けた。遠藤先輩の耳に届いただろうか。

次のバッターは粘った。カウントが3—2のフルカウントになった。しかし最後は遠藤先輩の渾身のストレートで、セカンドゴロ。ツーアウト。ランナーは三塁へ。

ここで、富山西南は代打を送ってきた。振りの鋭い左バッターだ。

嫌な胸騒ぎがした。

こっちに飛んでくるんじゃ……。

「ツーアウト、ツーアウト」

不安を消し去ろうと、声を張り上げた。

構える。

そして、ワンボールワンストライクからの三球目。予感は的中した。

やや右中間寄りを襲う鋭いライナーが来た。

あわわわわっ、き、来た。

ボクはうろたえた。

駄目だ。捕れない。

そう思った時、右側から黒い影が飛んできた。

え、ええっ！

ボクは立ちすくんだ。
次の瞬間、黒い影は打球を捕球し、勢い余って、頭から地面に着地した。
か、樫本先輩……。
センターの樫本先輩が快足を飛ばし、ライトの守備範囲まで来て好捕してくれたのだ。
「アウト！　スリーアウトチェンジ！」
魚津商業は難を逃れた。
た、助かった……。
だがボールを摑んだグローブを高々と上げた後、樫本先輩はぐったりとしてしまった。
打ちどころが悪かったのだろうか。ピクリともしない。
皆が集まってきた。
「おい、樫本、しっかりしろ」
誰かが声を掛けた。
返事がない。
すぐに、医者が駆け足でやってきた。
「これは脳震盪を起こして、意識を失っている」
医者はペンライトを振りかざし、診断を下した。

「先生、樫本は大丈夫でしょうか」

遠藤先輩が不安そうに訊いた。

「うむ、軽度の脳震盪のようだから、命には別状がないと思う。しばらくすると、意識を取り戻すだろう。ただ今日これ以上のプレーは厳禁だ。とりあえず、この場から運び出そう。担架だ、担架」

球場の係員二人が担架を持ってやってきて、樫本先輩を静かに運んでいった。ボクたちも、後を追うようにベンチに引き下がった。

樫本先輩の命に別状がないと知って、少しホッとした。しかし、ドクターストップが出てしまった。この後、どうなるのだろう。樫本先輩がいなくなったらボクたちは八人しかいなくなってしまう。もし延長戦に突入したら、放棄試合だ。

「さあ、攻撃よ。樫本のプレーを無駄にしないためにも、この回打ってサヨナラにしましょう」

小柴監督がボクの胸の内を見透かしたかのようにハッパをかける。

打順は九番のボクから。

「村椿、出ろよ」

「打っていこう、打っていこう」

「かき回せ」

ベンチから威勢のいい声がバッターボックスに向かうボクに届く。

思い切りかっ飛ばしたい。フルスイングしてみたい。

だがそうすることで一時的にボクの気は晴れても、出塁することはできない。今のボクにできることは遠藤先輩の教え通り、案山子作戦を実行するしかないのだ。

バットを握り、構える。ただボール球だけを待って……。

富山西南のピッチャーはそんなボクを見下すように三球続けてストライクゾーンにストレートを投げ込む。

「ストライク、バッターアウト」

あえなく三振。

ガックリ肩を落としてベンチに戻るボク。情けない。

続くバッターは、一番田辺先輩。

先頭バッターのボクを三球三振に打ち取って気を良くした相手ピッチャーの初球を狙っていた。

その初球を、ジャストミートする。

打球は快音を響かせ、左中間を破る。

田辺先輩は快足を飛ばし、二塁へ。

ワンアウト二塁。

サヨナラのチャンスだ。

次のバッターは二番島倉先輩。

もし、ここで島倉先輩が田辺先輩をホームに迎え入れることができたら、ボクたちのサヨナラ勝ち。

しかし、もし島倉先輩が凡退したら、その次のバッター樫本先輩だ。樫本先輩はバッターボックスに立てない。つまり樫本先輩の代わりの選手がいないボクたち魚津商業は、不名誉な放棄試合を宣告されてしまうのだ。

島倉先輩、打ってくれーっ。

ボクは願った。ボクだけでなく、魚津商業のベンチにいる者全員が同じ気持ちだったと思う。

島倉先輩はいつも以上に緊張した面持ちでバッターボックスに入り、構えた。

初球は、ボール。

続いて、二球目。

願いが通じたのだろうか。島倉先輩は外角高めに投じられたストレートに合わせた。

打球は、ライト線へ。

やったー、サヨナラか！

と思ったが、この打球をライトがランニングキャッチ。これを見て、田辺先輩が三塁へタッチアップし、ツーアウト三塁。

だ、駄目だ……。点が入らなきゃ、駄目なんだ……。

引き続きサヨナラのチャンスであるが、次のバッター樫本先輩は打席に立てない。

もはやここまでか……。

「監督、どうしましょう」

遠藤先輩が伺いを立てる。

「そうね、こうなったら仕方ないわね。ウチの秘密兵器を出すしかないわね」

「秘密兵器!?」

ベンチにいるボクたちはその言葉を疑った。

「秘密兵器……。そんなのがウチにいるんですか？　ふざけている場合じゃないですよ」

遠藤先輩が強い口調で問いただす。

「ふざけてなんかいないわ。秘密兵器はここにいるじゃない」

小柴監督はみづきの肩に手をやり、静かに言った。

「高橋、代打よ。準備はいい？」

「はいっ」

みづきが明るく返事した。

えっ、みづきが代打……。みづきが秘密兵器……。

「こういうこともあるかもしれないと思って、選手登録しておいたのよ」

小柴監督が得意そうな顔で言う。

それでユニフォーム姿だったのか……。

ウインドブレーカーを脱ぎ、背中に背番号10番が縫い付けられているユニフォーム姿で、みづきは右バッターボックスに向かう。

「高橋っ、三つ、思い切り振ってきて」

小柴監督が声を張り上げて指示する。

みづきはマネージャーとしたら確かに有能かもしれないが、実際自分でプレーするのはどうだろうか。もしここでみづきが凡退したら、延長戦はそのままセンターを守るのだろうか。いやいやそんなことの前に、高校野球に女子が出場してもいいのだろうか。

ボクはあれこれ考えながら、みづきの打席を見守った。

初球。

富山西南のピッチャーが、投げた。

外角やや高めのストレート。

みづきは小柴監督の指示通り、バットを振った。

鈍い金属音がした。

打球は、フラフラと一塁後方へ。ファースト、セカンド、ライトが追う。しかし三者とも捕球できず、フェアゾーンに落ちた。

ヒットだ！

三塁ランナー田辺先輩、ホームイン。みづきも一塁を駆け抜けた。

サヨナラ、サヨナラだ！

ベンチにいたボクたちは、次々と飛び出していく。

これで、ベスト8進出！　夏の大会でのシード権も獲得した。

どの顔も、笑顔、笑顔、笑顔。

その中でも、ひときわみづきの笑顔が輝いている。

みづきがヒットを打った。しかも、サヨナラヒットだ。

ボクは複雑な心境だった。

女の子がヒットを打って、男のボクは見逃し三振ばかり……。

「ナイスバッティング」

ベンチを引き揚げる最中、ボクは卑屈な笑みを浮かべて、みづきに声を掛けた。

「ありがとう。えへへ、打っちゃった」

「女の子が試合に出てもいいのかよ」

「そんなこと、私に訊かないで。何もお咎《とが》めがないところをみると、大丈夫なんじゃない」

みづきが悪びれず言う。

「本来女子は規定で公式戦には出場できないのよ。だから、男子として登録したの。これは極秘事項だからね。他言無用よ。高野連にバレたら大変なことになるからね」

小柴監督が声を潜めて言う。

「そうなんですか」

「いやー、それにしても試合に出てプレーするって、気持ちがいいものね。私、選手に専念しようかしら。えへへへへ」

「まぐれで打ったからって、あまり調子に乗るなよ」

「まぐれでも、ヒットはヒットよ。村椿君も思い切りバットを振ってみれば。案山子作戦もいいかもしれないけどね」

遠藤先輩が発案した作戦に逆らうことなどできるわけないじゃないか。人の気も知らないで……。

バスに乗り込んだ。すぐに発車する。

「村椿」

しばらくして、遠藤先輩に呼ばれた。近くに寄る。

「な、何でしょう」

「今、監督とも話したんだが、案山子作戦はもう相手に研究され、見破られているようだ」

「は、はい」

「そこで、次の作戦を実行することにした」

次の作戦……。今度は、何だろう……。

「村椿、ヒット、打ちたいか？」

「はい、もちろんです」

打てるものなら、打ってみたい。

「そうだよな。マネージャーの女の子が打ったんだ。このままでは立つ瀬がないもんな」

「はい」

「よおし、それでは学校に帰ってから、ヒットを打つための作戦を授ける」

「はい」

「今度は、少々特訓が必要だ」

「………」

ひえ〜っ、特訓。

何をするのだろう。

「覚悟はいいな」

「はい、わかりました」

ボクは返事とは裏腹に、心の中では縮み上がっていた。

4

春の県大会。

準々決勝。対高岡城東《たかおかじょうとう》戦。

於、高岡城光寺球場。

「どうしたの？　顔と腕が痣《あざ》だらけじゃない」

みづきがボクを見て驚く。

「顔と腕だけじゃない。ユニフォームに隠された身体中が痣だらけさ。見せようか」

ボクはおどけて言った。

「結構よ。で、どうしたの？」

「すべて、特訓の賜物《たまもの》さ。勲章でもある」

「今日、早速成果が出せたらいいな」

遠藤先輩が横から出てきて、優しく声を掛けてくれる。

「はい」

ボクは素直に頷いた。

何としても成果を出してやる。特訓に付き合ってくれた遠藤先輩のためにも。

今日の相手高岡城東は昨夏甲子園に出場した強豪校で、その時のメンバーが六人も残っている、今大会の優勝候補である。もちろん、今夏の甲子園出場も狙っている。

試合が始まった。ボクたち魚津商業は先攻である。

高岡城東の先発ピッチャーは右のアンダースローで、打たせて取る軟投派ピッチャーである。昨夏甲子園のマウンドを経験している。

一回表、魚津商業、呆気なく三者凡退。

その裏の守り、ボクはライトの守備位置につく。センターには樫本先輩。三回戦の脳震盪《のうしんとう》が大事に至らず、元気に復活している。

この回。遠藤先輩はランナーを二人許し、ツーアウトながら二、三塁と責め立てられたが、何とか後続を断ち無得点。相変わらず痺《しび》れるピッチングを見せてくれる。

試合は投手戦の様相を呈してきた。

高岡城東のピッチャーは軽くあしらうようにボクたち魚津商業打線を封じ込めると、遠藤先輩も力投し、踏ん張る。

三回表。ツーアウトランナー無しで、ボクに打順が回ってきた。バッターボックスに向かう前、二、三度素振りを繰り返す。

第一球。

ど真ん中のストレート。

見送り。

「ストライク」

ボクが打ってこないことは、すでに研究済みのようだ。

「ヘイヘイ、バッター、打ってみろよ」

相手ベンチから野次が飛ぶ。

「村椿、『B作戦』、実行な」

ベンチ前で次のイニングに備えてキャッチボールをしている遠藤先輩から、声が掛かる。

特訓の成果を見せる時がきた。

ボクはヘルメットのひさしに手をやって、ＯＫのサインを送った。
二球目。
これまた、ど真ん中のストレート。
ボクはバットを水平に持ち、バントの構えをした。
投げ終えたピッチャーとサードが慌ててダッシュする。意表をついたようだ。
ボクはバントした。
打球は、ピッチャーとサードの間に上手く転がった。
あまり速くないが、懸命に一塁へ走る。
駆け抜けた。
球はまだファーストに来ない。
「セーフ」
一塁塁審の両手が広がった。
よし！　Ｂ作戦、〝バント作戦〟成功！
味方ベンチは湧き上がっている。遠藤先輩も喜んでいる。
やりました、遠藤先輩。特訓の成果が出ました。あなたのおかげです。
ボクは誇らしげな表情で一塁ベースに立った。

しかし次の田辺先輩が凡打に倒れ、この回も無得点。

「ナイスバント、ナイスヒット」

守備につく途中、遠藤先輩がにこやかにボクに言った。

「はいっ、ありがとうございます」

そのひと声だけで嬉しくなる。ボクは全速力でライトの守備位置に走った。また少し、野球が好きになった。

試合はそれからも両校無得点のまま進んだ。

六回表。ワンアウトランナー無しで、またボクに打順が回ってきた。

今度は高岡城東も警戒して、内野陣が前進守備を敷いている。

「村椿、〝B作戦その2〟だ」

ベンチから遠藤先輩の声。

ボクはヘルメットのひさしに手をやる。

バントの構えをしたまま、バッターボックスに入った。

高岡城東のピッチャーが一球目を投げる。

真ん中低めのストレート。

それと同時に、サードが前へ。

ボクはバットを引き、見送った。

「ストライク」

チッ、というサードの舌打ちが聞こえた。

「ヘイヘイ、バッター、やってみろよ」

相手ベンチから野次が飛ぶ。

ボクはサードがどの辺まで前進してくるか、その守備範囲を推測した。

二球目。

投げた。

サードがダッシュ。

真ん中、やや高めのストレート。

ボクはその球を素直にバントせず、押し出す感じでバットを出し、ミートさせた。

打球はふらふらと力ないが、前進したサードの上を越え、ショート横まで転がっていった。

ボクは全速力で、一塁を駆け抜けた。

ヒット、ヒットである。言うまでもなく、ヒットである。これでこの試合、二打数二安打。

「おい、あいつ、プッシュバントもできるようになったんだ。特訓の成果って、凄いな」

そう話す廣田先輩の声が一塁ベース上にいるボクの耳まで届いた。

これで、ワンアウト一塁。

小柴監督はここでチャンスを拡大させるべく、次の田辺先輩に送りバントを命じた。

田辺先輩はきっちり決めて、ツーアウトながら、ランナー二塁。先制のチャンスである。

気合いの入る次の島倉先輩。

だが、高岡城東のピッチャーも闘争心のギアを一段上げたようだ。

カウント1―2からの四球目、外角に大きく曲がるカーブを振らされ、三振。

この回も魚津商業は無得点。溜め息が出る。

試合はさらに進んだ。

両校無得点のまま、ついに九回表。

この回の先頭バッターはボク。意気揚々とバッターボックスに向かう。この試合魚津商業でこれまで出塁しているのは、二打席いずれもせこいバントヒットを決めたボクだけだ。この打席は厳重に警戒してくるだろう。

バントの構えをする。

高岡城東の内野陣は、前進守備。

一球目。

ピッチャーが、投げた。

カーブだ。

サードはそれほどダッシュしてこない。

ボクは見送った。

「ストライク」

「どうした、得意のバント、やってみろよ」

高岡城東のキャッチャーが聞こえよがしに言う。

二球目。

またもカーブだ。切れ味が鋭い。

ボクはまた見送った。

「ストライクツー」

駄目だ……。

今のボクの力量ではバントとはいえ、あのカーブにバットを当てることができない。遠藤先輩との特訓ではストレートに対応するだけで手一杯だった。所詮、付け焼き刃的な技術である。

高岡城東のピッチャーはニヤニヤ笑いながらマウンド上から見下ろしている。

三球目を投げた。

伝家の宝刀、大きく曲がるカーブ。

ボクはバントの構えのまま、見送ることしかできなかった。

「ストライクバッターアウト」

主審は無情にも宣告した。

ボクはうなだれたまま、ベンチに下がった。

「まだまだ練習が必要ね」

小柴監督がベンチに戻ったボクに、諭すように言った。

「……はい」

ボクは消え入りそうな声で返事した。

「ドンマイ、ドンマイ」

遠藤先輩がボクの肩に手をやり、励ましてくれた。

後続の田辺先輩、島倉先輩が凡退し、この回も魚津商業は無得点。

「さあしっかり守って、延長戦に持ち込むのよ」

小柴監督がハッパをかける。

ベンチから飛び出す先輩たち。ボクもライトの守備についた。

くよくよしてても仕方がない。今できる精一杯のプレーをするまでだ。

前向きに考えることにした。

高岡城東の打順は五番から。大振りの左バッターだ。

このバッターは先ほどの打席で、ライト線に大きなファウルを打っていたな……。

ボクは心持ち下がり目で守った。

来るな。

そんな気がした。

その初球。

バッターは遠藤先輩が投じた外角低めのストレートを思い切り引っ張り、ライトへ大飛球を打った。

ボクはバックした。バック、またバック。フェンスに張り付いた。

と、捕れるか……。

だがこの打球は誰も捕ることができないものだった。そのままボクをあざ笑うかのように、外野スタンドに吸い込まれていったからだ。

サヨナラホームラン！

喜びを爆発させて、ダイヤモンドを一周するバッター。高岡城東ベンチの選手たちも喜び合い、ホームに駆け寄ってくる。

ボクは呆然とした。それからノロノロと動き、整列に向かう。
負けちゃった……。
魚津商業の快進撃も、ここまでだった。
悔しさが込み上げてくる。
野球の試合で、こんな悔しい思いをしたことあったっけ。
今までのどんなことより、この試合で負けたことが百倍悔しい。
整列を終えベンチに引き揚げたボクは涙目になった。
「おい、泣くのは夏の大会までとっておけ」
遠藤先輩が叱責した。その表情からは悔しさがありありとうかがわれた。
ホームランを打たれたんだ。ボクよりもっと悔しいはずだ。
ボクは涙をぬぐった。
「夏の大会まで、三ヵ月。村椿、やることはたくさんあるからな」
遠藤先輩が言う。
「はいっ」
ボクは前を向いた。
夏に、必ずリベンジしてやる。

心に誓った。

春の県大会。魚津商業は準々決勝敗退。しかし、夏の大会の第三シード権を獲得した。

ボクの成績は12打数2安打10三振、四球1、打点1だった。

当初春の県大会後退部しようとも考えていたが撤回し、ボクは野球を続けることにした。

第四章　部員を増やそう

1

ゴールデンウィーク明けの昼休み。

クラスに四人しかいないボクたち男子生徒は、教室の隅に固まって黙々と弁当を食べている。

「ネットニュースで見たんだけど、硬式野球部が春の県大会でベスト8まで進出したじゃないか。やるねえ」

ひと足先に食べ終わった橋本が会話の口火を切った。

「村椿君も試合に出ているようだね。しかも準々決勝で、二本もヒットを打っている。大したもんだよ」

真鍋も続く。

いずれもせこいバントヒットとは、ネット上に記されていない。

「見かけに寄らないねえ」

堀内も相づちを打つ。

「いやーっ、それほどでもないよ」

ボクは照れ笑いする。

「ギリギリの人数で戦っているんだろ。よくやるよな」

橋本が感嘆する。

「そうそう」

「本当に偉いよな」

「うん、頑張っているよ」

三人は口々に言い合う。

話すのは、今だな。

「実は、ちょっと君たちにお願いがあるんだけどな」

ボクは箸を置き、少し改まって言った。

「何、何？」

三人が耳を傾ける。

「君たちの部で、余っている人間はいないかい？」

「ええっ？」

「何、何っ？」

「どういうこと？」

ボクは咳払いをして、三人に向き直った。

「これは監督を含め、硬式野球部の部員全員が春の県大会を戦ってみて得た一致した思いなんだけど、やっぱりギリギリの人数で大会を勝ち抜くのは、なかなか難しいということだ。特に次の大会、夏の大会は甲子園出場がかかっているから、尚更ね。

今、ウチのチームには遠藤先輩という凄いピッチャーがいて、守備も堅守を誇り、打線も破壊力抜群なんだ。春の県大会でシード権を獲得したことからみて、甲子園出場を十分狙える実力があると思う。ひいき目に見なくてもそうだ。

ただ、バックアップメンバーがいないのがウチの弱点だ。万が一怪我人などが出て退場を余儀なくされたら、もうそれでおしまいだ。春の県大会でも、三回戦は危ういところだったんだ。

そこで君たちにお願いしたい。君たちの部の中で、誰か野球部に入ってくれる者はいないだろうか」

ボクは饒舌《じょうぜつ》に語った。遠藤先輩から新人勧誘の厳命を受けていた。

「いきなりそんなこと、言われてもなあ」

橋本が真鍋と堀内に目配せする。

「もう五月だし、ウチの陸上部の部員はインターハイに向けて猛練習中だからな」

「ウチのサッカー部もそう。ウチは人数が多いけど、皆サッカー大好きでサッカーに燃えている者ばかりだから、鞍替えして野球をやろうという者はいないよ」

「上手下手は問わない。ボクのような者でもレギュラーになれるんだからさ。上下関係も厳しくないよ。誰かいないかなあ」

ボクは懇願した。

「うーん」

考え込む三人。

「この学校では全員部活動をしなければならないから、四月にとりあえず何かしらの部に入る。しかし理想と現実のギャップに苦しんだりして、五月には幽霊部員になったり、もしくは部を転々と移り変わる者が少なくないと聞く。君たちの部で誰かそんな人間がいないかい」

ボクは遠藤先輩から教えられた言葉通り、まくし立てた。

「と、言われてもなあ」

「気持ちはわかるよ、気持ちは」

「大変だよな」

三人とも、今一つ煮え切らない。

「どうだろうか？」

ボクは少し強くお願いしてみた。

「まあそこまで言うのであれば、部の連中に訊いてみるよ。誰かいないかってね」

橋本が渋々言う。逃げの一手を打ったようだ。

「俺もそうする。でもあまり期待しないでくれよ」

真鍋も続く。

「俺はマネージャーだから、他の運動部にも顔がきく。いろいろと探りを入れてみるよ」

堀内が言う。

「助かるよ。よろしく頼む」

ボクは頭を下げた。

2

新人の勧誘活動と並行して、放課後ボクは練習に明け暮れた。相変わらず大半の時間をバッティングピッチャーとして費やしていた。

ボクの投じた球は、小気味良い快音を伴って外野の頭上を越えていく。

グラウンドは他の部との兼用であるから、他の部の生徒に打球が当たりはしないかとヒヤヒヤさせられる。

それがいつもの光景だった。

だがここ数日、小さな異変が起こっていた。

「おかしいな……」

ボクの球を打ち終わった先輩たちが、さかんに首を傾げる。

「打球が伸びないなあ……」

最初に気づいたのは、田辺先輩だった。

「そうだよなあ」

「おまえもそう思うか。俺もそうなんだ」

島倉先輩も同意する。

「フォーム、変わってないよな」

「ああ」

「どうしたの？　練習中は私語厳禁よ」

小柴監督が近寄ってくる。

「実は最近村椿の球を打っても、打球が前より飛ばないんです。はじめはバッティングフォームのせいかと思っていましたが、自分だけではなく、誰もが同じ思いを抱いていることがわかりました。ボールやバットを違う物にしたわけでもなく、考えられるのは……」

田辺先輩がボクを見つめながら弁明した。

「自分も田辺に同感です。内角球に差し込まれることが多くなり、打球が外野の手前で失速することが多くなりました」

島倉先輩も田辺先輩を援護する。

「ふーむ、なるほどねえ」

小柴監督は腕組みをしながら二人の話を聞いていた。

「特別に村椿の球が速くなったようには見えませんし、これはどういったことでしょうか？」

田辺先輩が疑問を投げかける。

「ちょっと確かめてみるか」

小柴監督が腕組みを解いた。

「キャッチャー、ミットを貸して。私が受けてみる。それから、誰か村椿のピッチングフォームをビデオに撮ってちょうだい」

樫本先輩がビデオカメラを取りに部室へ走り、すぐ戻ってきた。

小柴監督はミットを受け取り、キャッチャーボックスで構えた。バッターは立たない。

「さあ村椿、準備はいい？　遠慮せず投げてごらん」

「……は、はい」

ボクは振りかぶり、いつも通り投げた。

ビシッではなく、パスッと少し間の抜けた音が響いた。球質の軽さがモロにわかる。気恥ずかしい。

「もう一球」

小柴監督が返球しながら言う。

ボクは投げた。

パスッ。

「もう一球」

投げる。

パスッ。

「どんどん来て」

投げる。

パスッ。

パスッ。

パスッ。

……。

もう十球以上投げただろうか。

「ラスト！」

小柴監督が叫んだ。

ボクは少し息が上がっていた。渾身《こんしん》の力を込めて、最後の一球を投げる。

パスッ。

球はミットにおさまった。

「どうもありがとう。ビデオはちゃんと撮れた？　お疲れさん。ちょっと休憩しましょう」

小柴監督は笑顔を見せて言った。

守備についていた先輩たちも引き揚げてくる。自然と小柴監督を囲んで輪になる。

「監督、何かわかりましたか？」

田辺先輩が尋ねる。

「確かに君たちが主張するように打球が飛ばなくなった要因は、彼、村椿にあったわ」

ええっ！　ボクの何が……。

「やっぱり。で、村椿の何が要因なんですか？」

ボクも知りたい。

「それについて、今から検証してみせるわ。確か視聴覚室に、入部した頃の村椿を撮ったビデオテープが保管されているわね。皆で視聴覚室に行きましょう」


視聴覚室。

大画面のスクリーンを前に、ボクたちは思い思いの席に座った。

「私の目に狂いがなければ皆の打球が飛ばなくなった要因は、村椿のピッチングフォームの変化にあると思うの。それを今から確認してみましょう」

スピーカーを通じて、操作室から小柴監督が語りかける。

「まずは入部した頃のやつよ」

大画面のスクリーンに、ボクの姿が映し出される。何の変哲もないフォームだ。ちょっぴり照れる。

「次がこれ。今撮ったばかりの映像よ」

先ほど小柴監督に向かって投げたピッチングフォームが現れる。

ビデオを撮っている位置が若干違うとはいえ、入部した頃のフォームとさほど変わり映えしないようにボクには見えるが……。

「どこが違っているんですか？」

田辺先輩が声を上げた。何人かが同じ思いなのか、頷く者もいる。

「おまえたちの目は、節穴なの？　本当にわからないの？」

小柴監督が一喝した。

「今度は画面を二分割して両方同時に見せるから、しっかり確認してごらん」

スクリーン上に、二人のボクが映し出された。

「あっ」

叫んだのは遠藤先輩だった。

「微妙ではあるが、腕の位置が低くなって横振りになっている……」

「さすが、キャプテン。さすが、エースピッチャーね」

小柴監督は感心して遠藤先輩を褒《ほ》めた。映像をボクが投げる瞬間の場面で止める。操作室から出てきた。

「遠藤が指摘した通り、村椿の今のフォームは入部したての頃に比べて腕の位置が低くなって、スリークォーター気味になっているわ。おそらく毎日バッティングピッチャーを務めていて、楽に投げたいという気持ちと疲れが相まって自然と腕が下がってきたのでしょう。君たちは毎日見慣れていたから、なかなか見分けることができなかったのだと思う。だからわからなかったんだわ、きっと」

そうなのか……。

「そしてもう一つのポイントが、ココ。腰よ」

腰……？

「普通オーバースローのピッチャーは、腰を縦振りにして投げるの。こんな風にね」

小柴監督が皆の前でピッチングフォームを披露する。

「そうでしょ、遠藤？」

遠藤先輩に同意を求める。

「はい、そうです」

遠藤先輩が頷いた。

「それでちょっと、こっちを見て」

小柴監督はスクリーンのボクを指差す。

「村椿の入部した頃のピッチングフォームの腰は、横振りになっている。これは運動神経が鈍い者によくある兆候なんだけど、腕が縦振り、腰が横振りになっているわ」

確かに、そうだ……。

「これだと、腰から下の下半身の力を腕にうまく伝えることができないのよ。ピッチングフォームがバラバラになってしまっている感じなの。それだから手投げになって、打ちやすい棒球しか投げられなかったわけだわ」

そうだったのか……。

「ところが、今日撮ったフォームを見て」

小柴監督が続ける。

「ピッチングフォームがスリークォーター気味になったことによって腕が横振りになり、腰の動きと合致したの。腕が横振り、腰も横振り。同じ運動で下半身の力も十分腕に伝わり、力のあるキレのいい球を投げられるようになったんだわ」

「キレのいい球……」

感嘆の声が上がる。

「村椿の球は球速がそれほどでなくても、バッターの手元までその速度が落ちない球なの。

今日実際に受けてみてわかったわ。スピードガンで測ると、初速と終速の差が人より小さいはずよ」

そんな球を、ボクが……。

「だから皆の打球が失速したり、詰まったり差し込まれたりしたのは、何の不思議もない。村椿が立派なピッチャーになる階段を、一段を上がった証よ。身体がまだ出来ていないので球速も球威もまだまだだけど、これから練習を重ねていくにつれて、どちらもアップしていくでしょう。もっと成長すると思うわ」

「そうなんですか。それじゃ……」

遠藤先輩の顔が自然とほころびる。

「もう村椿はバッティングピッチャー、卒業よ。これからは遠藤と並んで主戦ピッチャーとしても戦力に加わってもらうわ。それに見合う練習をしてね。村椿、いい？」

小柴監督はボクを見つめて言った。

ボクはどうしたらいいのかわからず、下を向いた。

先輩たちは祝福ムードである。

「今週の日曜日、練習試合が組んであるのだけど、そこで君に投げてもらうわ。実戦でのピッチング、見させてもらうわ」

ボクが、ボクがピッチャーとして、試合に投げる……！

ククク眩暈《めまい》がした。

3

日曜日。

練習試合。対滑川実業《なめりかわじつぎょう》戦。

於、魚津商業グラウンド。

ボクは最初ライトを守り、試合の後半からリリーフ登板する予定だと伝えられた。

試合前、ボクも先発する遠藤先輩と並んで肩慣らしをする。

緊張していた。

「はははは。今からそんなガチガチでどうするんだ。練習で投げている通り、リラックスしていけ」

遠藤先輩が笑いながら、ボクの身体を軽く小突く。

「は、はい」

それでも、緊張感をぬぐい去ることができない。

試合が始まった。ボクたちは後攻である。

ライトの守備位置につく。

今日も打球が飛んできませんように……。

いつものようにそう願いながら、試合の行く末を見守っていた。

相手の滑川実業は春の県大会は二回戦で敗退したチームなので、魚津商業より格下の相手である。それが少し、心の余裕を生んでいた。

打球は飛んで来なかった。

遠藤先輩と廣田先輩のバッテリーは、相変わらず苦心のリードでライトに打たせまいとしているようだ。そういう芸当ができる素晴らしい先輩たちだ。頭が下がる。

三回裏にボクの第一打席が回ってきた。ツーアウト、ランナー無しといった場面である。

バッターボックスで、バントの構えをする。

相手の滑川実業のピッチャーはニタニタ笑っている。

第一球を投げた。

カーブ。

ボクはバットに当てることができない。

「ストライク」

続いて、二球目。

スライダー。

ボクは見送り。

「ストライク、ツー」

そして、三球目。

再び、カーブ。

ボクは何とかバットに当てようとしたが、叶わない。

「ストライクバッターアウト」

あっさり、三振した。完全に、見下されてしまった感がある。

「あのバッター、楽だぜ。変化球を投げておけばいいんだもんな」

滑川実業のピッチャーはベンチに引き揚げながら、これ見よがしに言う。

どうやらボクがバントしかできず、しかも変化球に弱いといった情報が知れ渡っているようだ。

内野陣もそれほど前進守備を敷いてこないので、プッシュバントも使えない。

相手に言い返せない自分が悲しくなる。

「〝B作戦〟もそろそろ限界ね」

ベンチに戻ったボクに小柴監督が呟いた。

試合は進んだ。

両校無得点の投手戦だったが、四回裏に遠藤先輩がレフト前にタイムリーヒットを打った。魚津商業、1点先制。

五回裏。ツーアウトランナー無しでのボクの二打席目。またも三振。

しょげ返る。

遠藤先輩は今日も好調のようで、相手校に得点を許さない。

七回裏。滑川実業のピッチャーは疲れが出たのか、球が浮き始めた。それを魚津商業の打線は逃さなかった。

この回先頭の四番遠藤先輩がレフトオーバーのツーベースを打ち、口火を切る。

続く五番廣田先輩がセカンド強襲ヒットで、ノーアウト一、三塁。

六番三島先輩がセンター前にタイムリーヒット。1点追加。2対0。なおもノーアウトで、一、二塁。

七番宮本先輩がライト線へヒット。ノーアウト満塁。

もう、押せ押せのムードである。

八番城先輩はセンターへ大飛球。惜しくも捕られたが、タッチアップでさらに1点。これで3対0。ワンアウト一、三塁。

九番はボク。お決まりの三振。面目《めんぼく》ない。

ツーアウトとなったが、次の一番田辺先輩が右中間にスリーベースを打った。塁上ランナー二人とも還り、5対0。

二番島倉先輩はショートゴロに倒れチェンジとなったが、この回4点取り、ビッグイニングになった。

八回表。遠藤先輩はこの回も滑川実業を無得点に抑えた。ゲームの後半に大量失点し、相手は戦意喪失したように見える。

「村椿、次の回、投げて」

ライトの守備からベンチに戻ったボクに、小柴監督が告げた。

ついにきた。

ボクの胸は高鳴った。頭がボーッとなる。

「村椿、楽にいけ。この試合は練習試合だし、点差もあいている。いつもバッティングピッチャーとして投げているように投球すればいいんだ」

遠藤先輩が尋常でないボクの様子を見て、激励する。

「そうだ、打たせろ、打たせろ。俺たちが守ってやる」

田辺先輩も続いた。

ボクはそんな先輩たちのありがたい言葉を、どこかうわの空で聞いていた。登板に備えベンチ前でキャッチボールをしていても、ポロポロと球をこぼしてばかりいる。

「村椿、シャッキとしてよね、シャッキと。男でしょ」

小柴監督のキツイ叱咤《しった》で、我に返った。

「は、はい、すみません……」

自分で自分のことが情けなくなる。腹をくくろう。

八回裏。魚津商業は無得点。

さあ、いよいよだ。

ボクはマウンドへ向かう。慣れ親しんだマウンドだ。遠藤先輩はボクと入れ替えでライトの守備についた。

肩慣らしをする。

「おい、あの九番ライトが投げるんだとよ。俺たちも舐《なめ》められたもんだな」

滑川実業のベンチから、そんな声が洩《も》れてくる。

「春の県大会でシード権を獲得したからって、いい気になっているんじゃないのか。あのガキ、ちょっと痛めつけてやろう。魚津商業にひと泡吹かせてやろうぜ」

滑川実業の面々は挑発的にボクを睨みつけている。
ボクは、ボクのピッチングをするだけだ。今さらビビるな。
そう、自分に言い聞かせた。
滑川実業のこの回の先頭バッターが右バッターボックスに入った。
ボクはキャッチャーのサインをのぞき込む。といってもストレートしかないが……。
第一球を投げる。
バッター見送り。
「ストライク」
「打ち頃の、いい球だ。打っていこう、打っていこう」
滑川実業のベンチから野次が飛ぶ。
「確かに素直な球だな」
バッターの呟きが聞こえてきた。
二球目。
投げる。
今度は振ってきた。
ガシャ。

打球はバックネットへ。

「ファウル」

0―2。追い込んだ。

ボクは大きく息を吐き、吸い込んだ。

三球目。遊ぶつもりはなかった。この球で勝負だ。

投げた。

バッターが打つ。

打球はレフト頭上へ。越えるかと思ったが途中で失速し、島倉先輩のグローブに吸い込まれた。

ワンアウト。

少し気が楽になった。

続くバッターもカウント1―2とし、四球目でセンターフライに打ち取った。

「ツーアウト、ツーアウト」

さかんに声が出る。

あと一人だ。

滑川実業のベンチは二人続けて凡退して意気消沈したのか、大人しくなっている。

この回、三人目のバッターが左バッターボックスに入る。

左対左で、こちらが有利だ。ただ四番バッターだけあって、迫力のある筋骨隆々の身体つきをしている。

ボクは帽子を目深にかぶり、目を合わせないようにした。

一球目を投げる。

外角にそれた。

バッター見送り。

「ボール」

気負ってしまった。

二球目。

今度も外角低めにそれた。

バッターまたもや見送り。

「ボールツー」

カウント2―0。

フォアボールは避けたいな。

そう思った三球目。

外角高めの甘いコースに投げてしまった。そこはバッティング練習で、遠藤先輩によくホームランにされるコースだ。
マ、マズい……。
待ってました、とバッターが強振する。

ジャストミートされた。

快音を残して、打球は右中間へ。

センター樫本先輩、ライト遠藤先輩、バック、バック。

駄目だ、打球が地面に落ちる……。と思った瞬間、遠藤先輩がジャンプ一番、ダイビングキャッチを敢行した。そして自分のグローブに、打球をおさめた。

捕った。捕っている。超ファインプレーだ。

試合終了。

5対0で魚津商業の勝利。

ボクは何とか相手打線を三人で片づけることができた。

「ナイスピッチング」

引き揚げてきた遠藤先輩に肩を叩かれ、祝福された。

「こ、こちらこそ、ナイスプレー。あ、ありがとうございました」

ボクは愛想をふりまいた。

「本当に、ナイスピッチング。よく抑えたわ」

小柴監督が拍手して出迎える。

「これで村椿もピッチャーとして使えるメドが立ちましたね。私だけでなく」

遠藤先輩が笑顔で小柴監督に話しかける。

「そうね。ただ今日は1イニングだけだったので、もう一度テストしてみたいわ。最後、守備に助けられたし……。今度は先発よ。長いイニング投げてもらうわ」

小柴監督が応える。それからお互い笑い合う。

どの顔も満面の笑顔だった。

4

「おい村椿、朗報だ」

朝、教室に入るなり、堀内に声を掛けられた。

「何？」

「バスケ部の下條《しもじょう》っているだろう。あのガタいがよくて、目立っている奴」

「確か、隣りのクラスの……」

ボクは下條の容姿を思い浮かべた。茶髪で鋭い眼光、分厚い唇、長い手足、190センチはある大人顔負けの体軀。

「そうそう、そいつが三年生と揉めちゃってさ、バスケ部を辞めるかもしれないみたいなんだよ」

「そ、そうなの」

「下條はバスケットだけじゃなく運動神経そのものが抜群だし、きっと硬式野球部の力になると思うよ」

堀内が続けて話す。

ボクは一瞬顔を輝かせた。が、すぐに自制心が働いた。

「でも……」

「わかっている。あいつは超問題児らしいからね。入学早々他校の不良グループと乱闘騒ぎを引き起こしているしね」

「それが頭痛の種なんだよね」

「とりあえず当たってみれば」

「うーん。どうしようかなあ」

二の足を踏む。

「虎穴に入らずんば虎子を得ず、だよ」

「そうだよね……ただ……」

下條君はおっかなそうだしな。

ボクはためらった。

「何なら、俺が仲介してやろうか」

「いや、いいよ。そこまで言うなら自分で当たってみるよ。堀内君、貴重な情報ありがとう」

ボクは意を決した。


昼休み。

急いで昼食を済ましたボクは、下條のいる隣りのクラスに赴《おもむ》いた。

下條は一人、窓辺の一番後ろの席に座り、外を見ていた。

おそるおそる中へ入っていく。

もし変な事言って、難癖つけられたらどうしよう……。

「下條君」

声を掛けた。下條が振り向く。

「なんや、おまえ」

ドスの利いたような声だ。

「あ、あの、ボク、隣のクラスの村椿といいます。硬式野球部に入っています」

ボクは半分ビビりながら、言った。

「何の用だ？」

下條がボクを睨みつけながら、言う。

「実は……、あ、あの……」

相手は同級生だ。落ち着け。

「下條君がバスケ部の先輩と揉めたって聞いて……」

「ふん。どこからそんな情報仕入れた？」

「あ、あの……」

「まあ、いい。それで？」

「それで、もしバスケ部を辞めたならウチに、硬式野球部に入ってもらえないかと思い、き、今日こうして来たんです」

「はははは。面白いこと言うね。はははは」

下條は笑い出した。

ボクは戸惑った。

「ははは、俺はバスケ部を辞めるつもりはないよ。はははは」

下條が笑いながら言う。

「ははは、あー腹が痛い。誰がそんなこと言いふらしているんだろうな。俺の夢はこの魚津商業バスケット部で全国制覇して、その後ＮＢＡのプレーヤーになることだ。だから、何があってもバスケ部は辞めない」

「……！」

そ、そうなの……。

「三年生と揉めたというのも、練習方法の食い違いから言い争いになっただけだ。お互い熱くなってな。でもそのおかげかしれないが、今では打ち解けていい関係を築き上げることができているよ」

「それじゃ……」

「ああ、何度も言うようだが、俺はバスケ部を辞めたり、ましてや硬式野球部に入ったりしない。無駄足になって、悪かったな」

「いや、いいんだ」

「硬式野球部も大変だな、人数が少なくて。身体が二つあったら協力してやりたいところだがな」

「ありがとう」

「他人行儀はやめてくれ。同じ高校の生徒じゃないか。もし硬式野球部に入れそうな奴がいたら、連絡するよ」

「本当にありがとう」

「そうだ。人数が足りないならば、軟式野球部に頼んでみれば……。ボールが違うが同じ野球だし、ご希望に添えるんじゃないかな」

それもそうだな。そうだ、軟式野球部に頼んでみよう。

ボクは下條のもとを去った。

下條は噂と違い、会って話してみると、熱く優しい男だった。

5

硬式野球部と軟式野球部の部室は、隣り合わせである。

交流は、ない。というより遠藤先輩の言葉を借りれば、軟式野球部は硬式野球部を敵対し、ライバル心剝《む》き出しでいるそうだ。喩えるならば弟が兄に食ってかかっている兄弟みたいな関係だ、と言う。

ともに、県内では名門に数え上げられる。創部は硬式野球部が五年早い。ただ硬式野球部は最近甲子園に出場してないが、軟式野球部は十年連続全国大会に出場している強豪である。

そんな間柄だが、下條君が言った通り同じ野球というスポーツをするのだから、軟式野球部に硬式野球部の窮状を救う救世主がいるのではないか。

ボクは甘い考えを抱いた。

遠藤先輩は言っていた。

「軟式野球部に頼むのだけは駄目だ。あいつらに借りは作りたくない」

と。

本当にそうなんだろうか。

ボクは思う。

でも、同じ高校生だ。こちらが熱く訴えかければ、案外わかってくれるかもしれない。駄目でもともとだ。

ボクは遠藤先輩の言に初めて逆らって、軟式野球部員のリサーチを開始した。こんな時頼りになるのは、堀内の情報網だ。

ターゲットはすぐに決まった。

「情報処理科の一年、春田利彦《はるたとしひこ》。高校に入学してから野球を始めたんだが、いかんせん技量が伴わなくて、毎日球拾いやマネージャーまがいの雑用ばかりやらされて、くすぶっているらしい。野球は好きみたいだから、誘えばなびくかもしれないな」

堀内が調べ上げた情報をひけらかす。

「そうか、ありがとう」

これは有力な情報だぞ。ボクはまだ顔も見たことのない春田君に何となく親近感を覚えた。今度こそ誘致に成功したい。

そして、またもや昼休み。

そそくさと昼食をかき込んだボクは、春田君のいるクラスに向かった。

「何の用だい？」

春田君は突然押し掛けてきたボクを、警戒心ありありの顔で出迎えた。ボクより小柄で、眼鏡をかけている。

ボクは訪問の趣旨を伝えた。

「ふーん。つまり、僕に硬式野球部の方に移って欲しいわけ？」

「はっきり言うと、そうなんだ」

「ふーん。どうして僕を選んだの？」

「そ、それは……」

ボクはまごついた。春田君の気を損なわないようにしなければ……。

「君が野球に対して並々ならぬ情熱を持っている、と人づてに聞いたからだ。そんな君が今、軟式野球部で球拾いや雑用ばかりさせられているなんてもったいないよ。ボクと一緒に硬式野球部で頑張ろうよ」

「そう言われてもなあ……」

春田君は満更でもない様子である。

「軟式と硬式ではボールが違うけど、じきに慣れるよ」

「ふーん」

「人数が少ないから、すぐ試合にも出場できるし」

「ふーん」

「先輩たちも優しい人ばかりだし、ね」

「ふーん、ただなあ……」

「ただ、何？」

「村椿君、君も硬式野球部の一員なら聞かされただろう」

「えっ、何を？」

「硬式野球部と軟式野球部の確執さ」

「……！」

「かなり昔からあったたって噂だぜ。選手を引き抜いたり引き抜かれたりなんてことが、日常茶飯事だったらしい。そして今じゃ絶縁状態。先輩たちなんか、顔を合わせても挨拶一つしないじゃないか。僕も入部してすぐに教育されたよ。『硬式野球部の連中には負けるな。あいつらとは口を利くな』ってね。同じ学校で同じようなスポーツをしているのに、悲しくなるよな。

だから僕が硬式野球部に移るのは無理だよ。たとえ僕にその意思があったとしてもね」

「そんな悪しき伝統、絶ち切ってしまえばいいじゃないか」

ボクは声を荒げた。

教室の中にいた女子生徒が、数人振り向く。

「おいおい、無茶言うなよ。これは根が深い問題なんだぜ」

「わかっているよ。でも同じ学内でいがみ合っているなんて、なんかおかしいよ」

「僕もそう思う。けれども、僕たちの力だけではどうしようもないことなんだ。なんせ、顧問の先生方も巻き込んじまっているからな」

「顧問の先生か……」

その時、ボクは閃《ひらめ》いた。

「春田君、もしも、もしもだよ。軟式野球部の顧問の先生が承諾してくれれば、硬式野球部に入ってくれるかい？」

「あ、ああ。それなら、いいよ」

「よし、交渉成立！　軟式野球部の顧問の先生は、確か……」

「亀山《かめやま》先生だよ。二年生に現国を教えている」

「わかった。ありがとう。それじゃ今度は先生に交渉してみる。いい知らせが届けられるよう、楽しみにしていてくれ。じゃあね」

情報処理科の教室を出た瞬間、昼休み終了のチャイムが鳴った。


放課後。

部活に行く前に、職員室に寄った。

目当ての亀山先生は、何か書き物をしていた。大柄な身体つきで、『亀』というより『牛』と言った方がぴったりくる四十代半ばの男性教師である。

ボクには勝算などなかった。こちらが誠心誠意を示せば、相手は教師なんだからわかってくれると思っていた。当たって砕けろの精神で、ぶつかるのみだ。

だが……、

「硬式野球部への移籍を認めてくれだと！　冗談言うな！　そんなことできるか！」

亀山先生はいきなり激昂《げっこう》した。

「先生……」

「ウチだって部員集めに四苦八苦しているんだ。自分たちの都合だけで、物事を考えるな！」

なかなかおさまらない。

「硬式野球部はいつもそうだ。調子のいいことばかり言って、そのうち次々とウチの部員を引き抜いて骨抜きにするつもりだろう」

「そんな……そんなつもりはありません」

「ふふ、はたしてそうかな。君は知らないと思うが、過去にいろいろ経緯があったからな」

「………」

やっぱり、駄目か……。

「ウチは今、全国制覇を目指している。ここ数年甲子園に出場できない君らとは違う。同じ学校でも野球に対する意識が全然違うんだ。それだけに、ウチも一人でも多く部員が必要なんだ。春田も立派な戦力になっている。可愛い部員の一人だ。手放すことなどできん」

球拾いと雑用ばかりさせているくせに、と言い返したかったが堪えた。

「わかったかね。わかったら、お引き取り願おう。これから練習だ。選手たちが、待っているからな」

「……失礼します」

ボクはがっかりして、職員室を後にした。

玉砕してしまった。


その日の練習後、ボクは勧誘が失敗に終わった二件について、遠藤先輩に報告した。

「だから軟式野球部はやめろって言っただろう」

遠藤先輩が苦笑いを浮かべながら、たしなめた。

「はい、すみません」

「あいつらに関わると、嫌な思いしかしないからな」

「そうですね。しみじみ実感しました」

「まあ、君の勇気と努力は認めるよ。そのうちウチに入りたいという輩が、どこからともなく現れるよ」

「……はい」

本当にそんな人間が現れるだろうか。

6

翌日の授業終了時。

部活に行くまで、しばしの解放感に浸っていた時、見知らぬ男子生徒がボクの教室に入ってきた。

「村椿君はいますか？」

男子生徒はイボガエルのように目がぎょろつき、ごつごつとした顔をしている。身体は貧弱そうで、文化部系にいそうなタイプである。

「ボクだけど、何か？」

「あの、僕、隣りのクラスの岩井《いわい》祥吾《しょうご》といいます。実は僕、硬式野球部に入りたいんだけど……」

「えっ」

ボクは耳を疑った。

「同じクラスの下條君に、君に頼めば硬式野球部に入部できるって聞いたんだけど……」

「そ、その通り、だけど……」

ボクは興奮気味に返事した。

まさしく、待てば海路の日和あり、だ。

「こんな僕じゃ、駄目ですか？」

「いや、そんなことはないよ。十分だよ。君で十分だよ」

「そうですか」

岩井君は気弱そうな笑みを浮かべた。

「岩井君、今部活は何やっているの？」

「生物部です。主だった活動がなく物足りなくて……。もちろん硬式野球部に入部できたら、辞めるつもりです。どうか、この僕を硬式野球部に入れて下さい」

そう言って、岩井君は頭を下げた。

「そうか、わかった。丁度いい。これから部活に行くところなんだ。一緒に行こう」

「はい」

「ところで、岩井君は野球の経験はあるの？」

ボクは歩きながら岩井君に尋ねた。

「小学生の時、少年野球をちょっと……。下手くそでしたけど」

「へえ、そうなんだ。ボクも中学生時代野球部に入っていたけど、ずっと補欠だったんだ」

ボクは岩井君に好感を持った。

「あ、あの……」

岩井君が何か言いたそうなそぶりを見せた。

「な、何？」

「あのう、硬式野球部に高橋さんっているでしょ」

「いるよ。マネージャーをやっている」

「どんな性格の子ですか？」

えっ？

ボクは意外な質問に面喰った。

「どんな性格って、まあ勝ち気というか、男勝《まさ》りというか……」

「彼氏とかいるんですか？」

ええーっ。何か少し変だぞ。

「さあ、どうかな。何でそんなこと訊くの？」

ボクは逆に訊き返した。

「いや、いいです」

岩井君は耳たぶまで赤くした。

「今から本人に引き合わせるから、直接訊いてみれば」

「そ、そうするよ」

岩井君は蚊の鳴くような声で答えた。

こいつは飛んだ食わせ物かもしれないな。

ボクの胸に一抹の不安がよぎった。


翌日の放課後。

練習開始時間になっても、岩井君はグラウンドに姿を見せない。

どうしたんだろう。

「岩井君、来ていないんだけど、何かあったのかな」

ボクはみづきに訊いてみた。

「あ、彼、彼なら来ないわよ」

「えっ、どうして？」

半オクターブ、声が上がった。

「彼の入部、こちらからお断りしたの」

みづきは冷ややかに言う。

「な、何故？　せっかくの入部希望者なのに……」

「冗談じゃないわよ、あんな奴」

「何かあったの？」

「昨日入部手続きで教室に二人きりになった時、急にヘラヘラ笑い出して、『君、可愛いね、彼氏とかいるの？』とか言い始めて……。『彼氏がいないのなら、僕が立候補するよ』とか、『君にピッタリの男は僕しかいない』とか、言いたい放題。あー、思い出すだけで気色が悪いわ。鳥肌が立ってくる」

岩井君の入部の動機は、みづきが目当てだったんだ。物好きもいるもんだ。

「挙句の果てには顔を近づけてきて、キスしようとするのよ。信じられる？」

みずきは完全に腹を立てている。なかなかおさまらない様子だ。

「だから私、思い切り突き飛ばしてやったの。そうしたら彼、『僕の思い描く高橋さんとは違う』って、涙目で嘆いていたわ。そして、『入部取り止めます』と言い残して、走り去っていったの。小柴先生と遠藤さんには事の顚末《てんまつ》を話し、謝ったわ。二人とも、『大変だったね』って、笑って了承してくれたわ」

みづきはさらに続ける。

「村椿君、ウチは確かに部員数が少ないけど、誰でもいいってわけじゃないわよ。もっと人を選んで勧誘してちょうだい。まあ、もし万が一の場合は、また私が出場するからね」

人を選んでって、勧誘に回っているこちらの苦労も知らないで……。

ボクはそんな言葉を口に出さず、飲み込んだ。

「わ、わかったよ」

「でも、勧誘はもうやらなくていいそうよ。高野連への選手登録期限がもう迫っているから、夏の大会は今いるメンバーで戦うらしいわ」

「そう」

「よろしくね」

「あ、ああ」

「さあ、練習が始まるわよ。頑張って。今度の日曜日、先発するんでしょ」

みづきはボクの尻を叩いた。

7

日曜日。

練習試合。対黒部中央《くろべちゅうおう》戦。

於、魚津商業グラウンド。

黒部中央は春の県大会、三回戦で敗退していた。ボクたち魚津商業よりやや格下の相手である。

ボクたちは後攻めだ。

一回表。先発のボクは、きれいに整備されたマウンドに登った。肩慣らしを終え、辺りを見渡す。マウンドからの光景は普段と何ら変わりがない。ライトの守備には遠藤先輩がついている。

遠藤先輩、ボクのピッチング、見てて下さい。

入部以来いくつもの関門をくぐり抜けてきたせいか、もうさほど緊張することはなかった。

いつも通り、いつも通り投げればいいんだ。

そう自分に言い聞かせて、相手バッターと対峙した。

「プレーボール」

第一球を投げる。

バッター、見送り。

「ストライク」

「打っていけ、打っていけ」

黒部中央のベンチから声が上がる。

二球目。

投げた。

バッター、今度は打ちに出た。

打球はライトへ。

平凡なライトフライ。遠藤先輩、これを難なくキャッチ。ワンアウト。

二番バッターが左バッターボックスに入った。

ボクをビビらせようと思っているのか、やたらと睨みを利かせてくるが、もはやそんなことでひるむボクではなかった。

カウント2―2から、セカンドゴロに打ち取る。ツーアウト。

続いて、大柄な三番バッターを迎える。

このバッターもセンターフライに仕留めた。三者凡退。上々の立ち上がりである。

「ナイスピッチング」

ベンチに引き揚げてきた遠藤先輩がボクの肩を叩く。

「その調子だ。その調子で、どんどん投げていけ」

「はい、わかりました」

一回裏。魚津商業はランナーを二人出すも、無得点。

二回表。ボクは打たせて取るピッチングで、またもや三者凡退。

二回裏。魚津商業も三者凡退。0点が並ぶ。

三回表。この回もボクは相手打線を三者凡退に抑えた。ここまで、パーフェクト！

三回裏。この回の先頭は、ボク。お決まりの三振。後続のバッターも倒れ、無得点。

「この回も頑張れ」

マウンドに向かう途中、遠藤先輩が激励してくれる。勇気百倍である。

四回表。黒部中央は打者一巡して、トップバッターからである。足場をしきりにならして、睨みつけてくる。

ボクは動じない。

一球目を投げる。

その球を、バッター、セーフティーバント。

し、しまった。

無警戒だったボクは、慌ててマウンドを駆け下りる。だが、打球を処理した時にはもう相手バッターは一塁を駆け抜けていた。

ノーアウト一塁。初めてランナーを許してしまった。気が緩んでいた。

続いて二番バッター。バントの構えをして、バッターボックスに入る。

ボクはセットポジションから第一球を投げた。と同時に、ランナースタート。バッターはバントの構えから一転、バットを引き、打ってくる。

打球は一、二塁間へ。抜けた。ランナー一挙に三塁へ。バスターエンドラン成功。ノーアウト一、三塁。見事に決められた。

「ドンマイ、ドンマイ。アウトを一つずつ取っていこう」

キャッチャーの廣田先輩が声を掛けてくる。

バッターは三番。二、三度素振りをしてから、バッターボックスに入る。

勝負だ。

ボクは第一球を投げる。

バッター、見送り。

「ボール」

外角低めに外れた。

二球目。

投げた。

バッター、またもや見送り。

「ボール」

今度は内角低目に外れた。カウント2—0。

次はストライクを取りたい。もし、このバッターを歩かせるようなことになると、次は四番バッターだ。

三球目。

覚悟を決めて、投げた。

や、やばい。

球は吸い込まれるように、ど真ん中へ。

バッターはこの甘い球を見逃さなかった。

快音残して、打球は右中間へ。真っ二つに割る。

三塁ランナーに続いて、一塁ランナーもホームイン。0対2。先制点を与えてしまった。

沸き上がる黒部中央ベンチ。

これでボクの緊張の糸が、プツリと切れてしまった。

続く四番バッターにもセンター前にタイムリーヒットを打たれ、0対3。次の五番バッター、六番バッターにも連打を許した。ノーアウト満塁。

ここで、ピッチャー交代の指示が出た。

トボトボとした足取りで、ボクはライトへ向かう。途中、遠藤先輩とすれ違った。

「よく頑張った。ご苦労さん」

遠藤先輩の言葉は消沈したボクの身に染みた。

結局、この試合は1対4で敗れた。

「三回までパーフェクト。これは称賛に値するわ。評価すべきだと思う。ただ、もう少し投げて欲しかったというのが本音だけど……。四回はスタミナ切れしたのかしら。ヘバッたみたいね」

小柴監督が試合後、ボクのピッチングを総括した。

「でも短いイニングのリリーフなら、十分使えますよね。硬球を握ったばかりの一年生としては、これは驚異的なことですよ。夏の大会では立派な戦力になりますよ」

遠藤先輩がボクを弁護する。

「そうね。欲を言えばキリがないわよね」

「そうですよ」

「まあ、合格だわ。今後はリリーフ要員としても頑張ってもらうわ。村椿、頼むわね」

「は、はい」

「ピッチャーとしての調整方法は、遠藤に教えてもらって」

「わかりました」

「それから変化球も。ストレートのみの一本調子じゃ、ツボにハマると今日みたいにつるべ打ちされるわ。もうバッティングピッチャーじゃないんだから。遠藤、お願いね」

「任せて下さい」

ボクと遠藤先輩の目が合った。

「明日からまた特訓だ。村椿、ついてこいよ」

「はい」

遠藤先輩とまた二人きりで特訓する。そのことが何より嬉しかった。

第五章　いろいろありまして

1

「村椿はどうして野球を始めたんだい？」

『仙吉』の奥座敷で、遠藤先輩がボクに尋ねた。ある日の居残り特訓後、誘われてついて来た。今、料理を前に向き合っている。

二人きりである。もう慣れたので、前より胸がときめくことはなかった。多少の緊張感はまだあったが、面と向かってまともに話ができるようになった。

「ボクは――」

中学入学時、父親に無理強いされた件を話した。

「そうか、そうか」

遠藤先輩は納得したようなしていないような顔をした。

「先輩は？」

「私か。私の場合も似たようなもんだ」

「そうなんですか」

「元々父親が野球をやっていてな。その影響で小学三年生の時始めたんだ」

「それ以来野球一筋なんですか？」

「ああ。すぐ熱中してな。まあ、ちょっと聞いてくれ。中学の時ちょっとした大会で活躍したりしたよ。ただ高校で野球をやろうとは思っていなかった。体力に自信が無くてな。それが父親の母校、我が魚津商業の硬式野球部が人員不足で廃部の危機にあるということで、父親に助けて欲しいと頼み込まれ入学し、入部したわけだ」

酒は一滴も飲んでないが、遠藤先輩はまるで酔っぱらったかのように語り続ける。こんな遠藤先輩を見るのは初めてだ。

「入部してみて驚いた。先輩たちが全く練習に出て来ないのだ。登録では三年生七人、二年生二人となっているのに……。幽霊部員というわけだ。何でも部員の相次ぐ不祥事でチームは弱体化して、皆やる気を失くしていたらしい。これでは甲子園出場どころか、本当に廃部になりかねない。硬式野球部は費用がかさみ過ぎるということで、一部の教職員から不要の声も挙がっていたし……」

遠藤先輩は烏龍茶を一口飲んだ。ボクも飲む。

「このままではいけない。何とかしなければ。そう思った私と同期の七名は硬式野球部の強化に乗り出した。半ば義憤にも駆られてな。強くなれば潰されることはないだろう。そう思って練習に精を出した。ちょうど赴任してきた小柴先生に指導を受けたりしてな」

遠藤先輩はまた烏龍茶を一口飲んだ。ボクもならった。

「メキメキと実力はついたよ。二年の夏の大会はベスト8まで勝ち進んだ。さあこれからだ、という時だったがいかんせん部員が足りなくてな。一つ上の先輩が引退すると、私と同期の七名しかいなかった。一つ下の学年に入部者はいなかった。いろいろ勧誘活動をやってみたが、駄目だった。それで二年の秋の大会は、出場できなかったんだ」

「そうだったんですか」

「もし今年の春入部希望者がいなかったら、いよいよ廃部だ。魚津商業硬式野球部の伝統の灯は、私たちの代で消し去ってしまうんだ。そう思いつめていた時、君が入部してくれたんだ。だから、本当に君には感謝している。感謝してもし切れない程の気持ちだ。前にも言ったかもしれないが、君は私たちの救いの神だ」

「そんな……救いの神だなんて、やめて下さい」

ボクは顔を赤らめた。

「それにしても、いつから野球はこんなに人気がなくなったんだろう。昔は部員が溢れていたと聞くがな」

「そうですね。今はサッカーやバスケの方が人気ありますものね」

「何とか人気低下に歯止めを掛けたいな。私たちが頑張って、盛り返したいものだ。な」

「はい」

「明日から七月か。期末テストが終わる頃には梅雨が明けて、いよいよ私たちの季節が始まる」

「なんか、ワクワクしますね」

ボクは相づちを打つ。

「ああ。せっかく人数が揃い、シード権も獲得したんだ。こうなったら、甲子園出場を狙いたいな」

遠藤先輩の目は夢見る幼子のように輝いている。その横顔を見て、ボクはうっとりした。

甲子園か……。

行けるものなら行ってみたい。

ボクは思いを巡らせた。

2

魚津商業は公立高校なので、原則テスト期間の部活は禁じられている。ただボクたち硬式野球部は夏の大会が間近に迫っているので、おのおの個人練習をして身体をなまらせないようにしていた。

その間、ボクはもっぱら変化球の習得に励んだ。遠藤先輩が自分の練習をそっちのけにして、献身的に付き合ってくれた。

教わった球種は、二つ。

まず一つは、カーブ。もっともポピュラーな変化球で、ストレートとコンビで使うと緩急をつけることができる、非常に効果的なボールだ。サウスポーから繰り出される、右バッターに対する内角低めへのカーブは、打つのがかなり困難だ。打ってもファウルにしかならない。

もう一つは、スクリューボール。これは右バッターの外角低めからさらに外へ逃げていくボールで、ここ一番三振が欲しい時や、内野ゴロダブルプレーに仕留めたい時に有効だ。

外角を狙い、身体を開き気味にして投げると面白いように決まった。

「いいぞ、村椿。ナイスボールだ」

「ど、どうも」

遠藤先輩はキャッチャー役を買って出てくれる。一年坊主のボクなんかのために……。ボクはそんな期待に早く応えられるように、急ピッチで投げ込む。早くマスターしたかった。

「村椿は飲み込みが早いなあ」

「いやあ、そんな……。教え方がいいからですよ」

「君みたいに素直だと、教え甲斐もあるもんだ」

「先輩は自分の練習しなくて大丈夫なんですか？」

「ああ、大丈夫だ。三度目の夏だ。調整の仕方はよくわかっている。それに君がピッチャーとして戦力になってくれたら、私も助かるからな」

「そうですか。ボク、頑張ります」

「うむ。変化球はもうだいたいマスターしたみたいだな。あとは実戦で通用するかどうかだ。大会前に最終調整のための練習試合が一試合組んである。その時試してみたらいい」

「はい、わかりました」

「よし、ラスト三球だ」

ボクは遠藤先輩が構えるキャッチャーミットに向かって投げ込んだ。

期末テスト明け。

衝撃が走った。

校長先生直々から何か重大な通達事項がある、ということでボクたち硬式野球部総勢十名は一つの教室に集められた。

何だろう。何の話だろう……？

待っていると、校長先生が恰幅《かっぷく》のいい身体を揺らして、一人でやってきた。

「大会前の大事な時に、集まってもらって申し訳ない。今から重大事項を通達する」

校長先生は開口一番言った。

「実は小柴先生なんだが……」

小柴監督……？　そう言えば姿が見えないが……。

校長先生は言いにくそうに続けた。

「結婚のため、辞めました」

！！！！！

皆、絶句した。

小柴監督が寿《ことぶき》退職……。夏の大会を目前に控えたこの時期に……。このタイミングで
……。どうして……。

「小柴先生は、今どこに？」

遠藤先輩が口を開いた。

「小柴先生の結婚相手というのは、富山はおろか海外にも支店を持つ大手企業のシステムエンジニアをしていてな。今回急な社内異動でロサンゼルスに赴任することになり、それでどうしても一緒について来て欲しいと懇願されたそうだ。それが結婚する条件の一つだったらしい。なので、今日本にいない」

校長先生はここで言葉を切り、ボクたちを見渡した。

「小柴先生はかなり悩んだようだ。どうしても夏の大会が終わるまで教師を続けたいと頼み込んだようだ。君たちを裏切るような真似をしたくないってな。だが、結婚相手は譲らなかったらしい。このままでは破談になりそうになった時、小柴先生は私に相談してきた。

私はロスに一緒に行くことを勧めた。教師としての仕事も大事だが、彼女の幸せの方がもっと重要だ。後のことは私に任せて、迷うことなく同伴しなさいと告げた。失礼だが小柴先生は今回嫁入りを逃すと、もう一生結婚はできないくらいの年齢だ。せっかくのチャンスを逸してしまうことになる。私はためらう小柴先生の後押しをした。

本来ならば小柴先生本人が直接君たちに別れの挨拶をすべきところだが、なにぶん急遽《きゅうきょ》決まったことであり、バタバタしていて場を持つことができなかった。ただ簡単な手紙を預かっているのでここで読み上げたい」

校長先生はポケットから一枚の紙片を取り出した。読む。

『硬式野球部諸君へ。

今回、突然なことで驚いていると思う。このような形でお別れするのは、大変心苦しい。裏切られたと感じる者もいるかもしれない。非難は十分受け止める。言い訳はしない。こんな私が言うのも変だが、夏の大会、是非頑張って欲しい。君たちが全力を尽くせば甲子園出場も夢ではないと思う。君たちならできる。異国の地から、エールを送ります。

後は校長先生の指示を仰いで下さい。皆の健闘を祈る。

前島《まえじま》洋子（旧姓　小柴）』

ボクたちは校長先生が読み上げる文章を黙って聞いていた。

「小柴先生も苦渋の決断だったと思う。落ち着いたら、また何らかのメッセージを送りたいとも言っていた」

「あのう……」

遠藤先輩が手を上げた。

「何だ、遠藤？」

「小柴先生がいなくなった後の責任教師は誰になるんですか？　小柴先生は監督と部長を兼務していました。高野連の規定では誰か一人責任教師がいないと大会に出られないはずです」

「うむ、それなんだがな。今の時期、どの先生も他の部の顧問におさまっていてな、おいそれと代わりの先生は見つからなかった。しかし……」

「しかし……」

「一人だけ、どの部にも属していない先生を見つけた」

「だ、誰ですか？」

硬式野球部の面々は校長先生の顔を見つめる。

「私だよ。私が硬式野球部の責任教師になる」

校長先生が……！

呆然とした。

「私が夏の大会終了まで硬式野球部を預かることにした」

「校長先生、失礼ながら野球をやった経験はあるのですか？」

遠藤先輩が質問した。

「ない。ルールを知っているくらいだ。あと、熱烈な阪神ファンだ」

「大丈夫ですか？」

「なあに、心配いらんよ。それより今年のチームは強いらしいじゃないか。期待しているよ」

「はあ……」

「皆で一緒に甲子園を目指そう。私は今年で五十八歳だが、気だけは若いつもりだ。小柴先生の代わりが務まるかどうかわからないが、頑張ってみようと思っている」

いきなりの急展開だ。呆気に取られた。涙を流す者もいる。

「校長先生、ノックとかできるんですか？」

田辺先輩が訊いた。

「いや、実技は全然駄目だ。ご覧の通りの太鼓腹だからな。そっちの方は君たちで頼む。私は責任教師の部長として、主に精神面で君たちを支えていきたい。監督は適任者が見つかるまで空位とする」

ボクたちはいまだ呆然としていた。涙を流している者もいる。

「もう決まってしまったことなんですね」

遠藤先輩がポツリと言う。

「本当に急なことで、申し訳ない」

校長先生は頭を下げる。

「今となっては、どうしようもないことなんですね」

「ああ、そうだ」

「小柴先生にはお世話になったので、別れの挨拶がしたかったな。なあ、みんな」

遠藤先輩の発言に、ボクたちは全員頷いた。

「そうか……。残念ながら……だな」

「正直言って驚きましたが、私たちは小柴先生を裏切り者などとは思いません。むしろ今までよく指導してもらい、感謝の気持ちでいっぱいです。何か、はなむけの言葉を贈りたいです」

「君たちの気持ちはよくわかった。ならば、夏の大会を勝ち進むことだ。そうすることが小柴先生への最高の恩返しになる、と思う」

「はい、わかりました」

全員、声を揃えて返答した。

「そうと決まれば、練習だ。夏の大会まで、もう間もないぞ」

校長先生が檄を飛ばす。

「おーす」

「それじゃ、この場は解散。早く練習に行きなさい。私も後からグラウンドに顔を出す。遠藤、頼んだぞ」

「はい」

今回の場合、雨降って地固まる、と言うべきか。ボクは正直言って、小柴監督の寿退職をあっさり容認した先輩たちの気持ちが少し腑《ふ》に落ちなかったが、結局は部員間の結束がより一層強まった気がするので良しとしよう。

だが、ホッとする間もなく、今度はボク自身にアクシデントが起きた。

3

二日後。

練習試合。対新川南《にいかわみなみ》戦。

於、魚津商業グラウンド。

この試合、ボクは2対0とリードした七回表からリリーフ登板した。

もう何度も場数を踏んだので、マウンド上でも落ち着いている。

この回、ボクは相手打線を三者凡退に退けた。カーブを先頭バッターに二球、三人目のバッターに一球、スクリューボールを三人目のバッターへのウイニングショットとして投げた。二つとも、いい具合に決まった。

「いいぞ、村椿、ナイスピッチング」

遠藤先輩が右手親指を立ててボクに近寄ってくる。

「どうも……」

ボクは照れ笑いをした。

野球って、本当に楽しいな。ずっとこうしてプレーしていたいな。

そう思っていた。その時までは……。

異変に気づいたのは、八回表のマウンドに上がり、肩慣らしをしている時だった。

ん？

左肘に電流が走ったような気がした。

さすってみる。何ともない。

気のせいだ。

ボクは相手バッターに向き合う。

この回の先頭バッターをセカンドゴロに打ち取った。ワンアウト。

次のバッターの二球目。カーブを投げた時だった。

再び左肘《ひじ》に電流が走った。今度は確かに感じた。

――ど、どうしたんだろう、ボクの肘……。

それでも何とか後続を断った。マウンドを降りた時、左肘が自分のものではないような気がした。びっしょり汗をかいていた。

八回裏、自チームの攻撃中、ボクはずっと右手で左肘を揉《も》んでいた。

「村椿、さっきから左肘を気にしているようだが、どうかしたのか？」

遠藤先輩が目ざとく声を掛けてくる。

「い、いえ、何ともないです」

ボクは左肘から右手を離した。

「だったらいいがな」

「本当に何でもないです」

苦し紛れに嘘をついた。

言えない。この大事な時期に肘に違和感を覚えたなんて……。

この回。魚津商業無得点。

ボクは最終回のマウンドに向かった。足取りは重かった。

投球練習中、電流とともにチクリと痛みを感じた。

何でもない。何でもない。

そう自分に言い聞かせながら、相手バッターと対峙した。

痛みに耐え、歯を食いしばって、一生懸命投げた。

結果、この回ランナーを二人許したが、得点を与えず逃げ切った。

ホッとした。

ただ、最後のバッターを迎えた時は、痛みは増し、チクリからズキッに変わっていた。マウンド上で倒れ込みそうだった。

「ナイスピッチング。ナイスリリーフ」

ライトから引き揚げてきた遠藤先輩がボクの肩を叩く。

「はあ、どうも……」

「どうした。練習試合とはいえ、勝ったんだ。もう少し喜べ」

「……はい」

「おや、顔色が青いぞ」

「大丈夫です。試合に勝てて嬉しいです」

ボクは無理やり笑顔を浮かべた。

「よし、この調子で夏の大会も頼むぞ」

遠藤先輩が握手を求めてきた。

「はい、わかりました」

ボクは握り返した。

なあに、明日になれば、一晩寝れば痛みは治まるさ。何でもない。何でもない。

自分自身に言い聞かせた。左肘のことは隠し通すことにしよう。そう思っていた。


しかし、翌朝。

左肘の激痛で目が覚めた。

見ると左肘は腫《は》れ上がっており、痛みが慢性化している。

や、やばい。

歯ブラシさえ持てない。これでは隠し切れない。

とりあえず、医者だ。両親は出かけている。校長先生、主将の遠藤先輩に連絡しなくては
……。

ボクは急いで身支度をして、市の総合病院に向かった。校長先生と遠藤先輩もすぐに駆けつけると言う。

待合室で、二人と合流した。

「やっぱり左肘を痛めていたのか。なんで黙っていたんだ」

遠藤先輩は怒り口調である。

「す、すみません……」

「まあ、起こったことはしょうがない。あとは医者がどう診断するかだ」

校長先生が宥《なだ》める。

ボクは暗い表情で、ずっと下を向いていた。


診察室。

ボクたち三人は白髪が混じった初老の男性医師と向き合っている。

「左肘が炎症を起こしている。典型的な野球肘《ひじ》だ。こりゃ、相当肘を酷使したようだね。どうしてこうなったんだい？」

医師がレントゲン写真を見ながら尋ねた。

ボクは入部してからこれまでの経緯を話した。

「入部早々から毎日バッティングピッチャーを務めていたか……。それが故障の原因だ。まだ身体ができていないのに無理を重ねたんだな。おまけに最近変化球を覚えようとして、より一層肘に負担をかけた。そしてついに左肘が耐えられなくなって悲鳴を上げた、というわけか」

「先生、ボクの肘は、ボクの肘は治るんですか？」

ボクはすがる思いを込めて訊いた。

「治るさ」

医師はあっさり答えた。

「本当ですか！」

ボクは強い口調で訊き返した。

「ああ、ただし安静にしていればな」

「安静、と言いますと……」

今度は校長先生が訊いた。

「一ヵ月間、投球練習はおろか、キャッチボールも禁止。さらにその後のリハビリトレーニングに根気よく励むことができるなら、完治することを保証しよう」

「一ヵ月間……。それじゃ、夏の大会は……」

遠藤先輩が口を開く。

「残念だが、今回は諦めてもらおう」

医師は断を下した。

「そ、そんな……。先生、何とか、何とかして下さい。痛み止めの注射でも打って、早急に直して下さい。お願いします」

「駄目だ。そんなことできん」

「そんな……。先生……」

ボクは医師に掴みかからんばかりの姿勢になった。

——遠藤先輩と夏の大会に出場するんだ。甲子園に行くんだ。

その一心が、ボクの身体を突き動かした。

「おい、村椿、よさんか」

「無茶を言うな、やめろ」

校長先生と遠藤先輩がそんなボクを押し留めようとする。

「校長先生、ボクは外野、ライトなら守れます。こんなことになったけど、ボクを試合に使って下さい」

「いや、駄目だ。ドクターストップもかかったことだし、責任教師として怪我人を試合に出すわけにはいかん。本来ならばベンチ入りも許可できないところだが、それは認めよう。君はまだ一年生だ。将来のある身体だ。ここで無理して壊れてもらっては困る。ライトは高橋君に守ってもらう」

校長先生は威厳を示した。

ボロボロと涙が流れてきた。

絶望感にとらわれた。

4

その日の魚津商業グラウンド。

夕刻。

校長先生の訓示を、ボクはうつむき加減で聞いていた。

「……というわけで、村椿君は怪我を負ってしまった。こうなったら仕方がない。代わりに高橋君、ルール違反になるが、背に腹はかえられない。君にライトを守ってもらう。高橋君、いいですね」

「はい、わかりました」

みづきが元気よく返事した。

校長先生はここで咳《せき》払いを一つした。

「村椿君、記録は君がつけてくれ」

「……はい」

ボクは暗い表情で返事した。

「それと、村椿君、君には重要な任務をこなしてもらう」

「な、何でしょう」

「これは病院からの帰り道、遠藤君と相談したことなんだが、現在監督の座が空位になっている。誰か適任者がいないかとあちこち探してみたが、今になっても見当たらない。私は校長職部長職の兼務で、とても監督業まで手が回らない状況にある。そこでだ」

校長先生はここでいったん言葉を切った。

「ズバリ言おう。村椿君、君に監督を代行してもらおうと思う」

！

ボクを含め、全員驚きを隠せない。

何言っているんだ。冗談もほどほどにしてほしい。

校長先生はなおも話を続けた。

「本来ならば主将の遠藤がその地位につくべきであるが、エースピッチャー、そして四番バッターと重責を担っている。これ以上負担を背負わすことはできない。だから、村椿君、君に監督代行をお願いしたい」

ええっ、ええっ、こんな時、何て言えばいいのだろう。ボクが監督だなんて、できっこないよ。

ボクは言葉を探したが、断り文句が出てこない。

「もちろん専任というわけではなくて、選手としても登録する。怪我人とはいえ、君は貴重なメンバーの一人だからな。代打か代走要員として出番があるかもしれない」

「で、でも……」

「ウチが守備の時、ベンチに残るのは私と君だけだ。自分で言うのもなんだが、私は野球に関しては素人同然だ。ほとんど役に立たん。この前の練習試合でそれがよくわかった。それからこのチームには監督が必要だということも実感した。頼む、この通りだ。是非引き受けてくれないか」

校長先生が手を合わせて言う。

「皆の意見も聞きたい。村椿君の監督代行就任について、どう思う？」

一瞬、間が空いた。

「賛成だ」

一人が叫んだ。

「同じく、賛成」

「異議なし」

「やっぱり、監督がいた方がいいもんな」

口々に歓声が上がり、やがて拍手が起きた。

もはや断ることができない状況だ。

「村椿君、どうだろう。皆も賛同してくれている。やってくれるね？」

校長先生が念を押した。

「……でもボクも校長先生と同様で、ノックとかもできないし……」

「大丈夫だ。ノックとか攻撃時のサインなどは、今まで通り私がやってやる。君は試合中、スコアをつけているだけでいい」

遠藤先輩が笑顔を作って言った。ボクの心を鷲掴《わしづか》みする、魅惑的な笑顔だ。

駄目だ。この笑顔に、ボクは弱い……。

「そ、そういうことなら、はい、わかりました。監督代行、引き受けます」

最後は遠藤先輩の笑顔に負けてしまった。

「よし、よく言った。それでこそ魚商男児だ！」

校長先生が喜びを爆発させた。

「よろしくな。村椿監督代行」

遠藤先輩がいつものように握手を求めてきた。握り返した。

「とりあえず監督代行として、何をやればいいのですか？」

ボクは尋ねた。

「早速、とっておきの仕事がある」

遠藤先輩がひと呼吸置く。

「何ですか？」

「明日、夏の大会の組み合わせ抽選会がある。それに出席して欲しい。いいクジを引いてきてくれよ」

「わ、わかりました」

責任重大である。


翌日。

組み合わせが決まった。すぐに学校に戻り、結果を硬式野球部の面々に告げた。練習は、しばし中断となった。

「えーっ、マジかよ」

「こんなのアリかよ」

「信じられねえよ。これじゃシード権を取った意味がねえ」

ボクは誰もが口を揃えて不平を唱えるほど、最悪のクジを引いてきてしまった。

魚津商業はシード校だから二回戦からの出場であるが、その相手を決める一回戦の試合は、小矢部《おやべ》高校と富山学院の対戦となった。

小矢部高校は万年一回戦敗退の弱小チームであるが、問題は富山学院《とやまがくいん》である。

富山学院は過去甲子園に春五回、夏八回出場している県内の強豪校である。春の県大会は夏の大会を見据えてかエースピッチャーを温存して三回戦で敗退していたので、この夏の大会は一回戦からの登場となった。もしエースピッチャーが投げていれば、楽々と優勝していたであろうとの評判だった。

そのエースピッチャーの名は坂東友喜《ばんどうともき》。右オーバースローの本格派で、150キロ近いストレートと鋭く縦に落ちるスライダーが武器である。今大会文句なしのナンバーワンピッチャーとして、呼び声高い。

打線も強力だ。一番から四番まで左の俊足強打の選手がずらりと並び、相手ピッチャーを震え上がらせているそうだ。守備も堅守を誇っており、巷《ちまた》では春の県大会で優勝した富山城南を差し置いて、優勝候補の筆頭ではないかと噂されている。

よほどのことがない限り、ボクたち魚津商業は夏の大会初戦でこの富山学院と戦うのだ。

えらいクジを引いてきてしまった。面目ない。

それだけではない。もし富山学院に勝利しても三回戦では今大会ダークホース的存在の砺《と》波《なみ》商業、さらに勝利を重ねても準々決勝では富山城南《じょうなん》との対戦が予想される。まさしく、〝死のブロック〟だ。

「す、すみません」

ボクは謝った。皆、冷ややかな視線を向ける。

「村椿、謝る必要なんかない。なあに勝ち進めば、いずれは対戦する相手だ。早いか遅いかの違いだけだ。気にすることはない」

遠藤先輩の言葉に救われた。

「相手がどこだろうと、自分たちの野球をやるだけだ」

遠藤先輩がハッパをかける。

「おーす」

「気合いを入れていくぞ」

「おーす」

「よし、練習再開だ。ノックをする。散れ」

「おーす」

皆、それぞれのポジションについた。

この日、梅雨明けが発表された。

ＯＢ会主催の激励会も行われた。

さあ、夏本番だ。

第六章　夏、激闘の果てに

1

夏の全国高等学校野球選手権富山大会。

二回戦。対富山学院戦。

於、富山県営球場。

空は少し曇っている。

ボクたち魚津商業の夏の大会初戦。相手は予想通りに富山学院が勝ち上がってきた。エースピッチャーの坂東は5イニング投げて、1安打、無四球、10三振。五回で10三振とは、ものすごい数字だ。そして、今日も先発する。

ボクたちは初戦ということで少し硬くなっているが、一方の富山学院のベンチは二戦目ということでリラックスしているように見受けられる。時折、笑顔がこぼれている。

その差が初回から顕著に現れた。

一回表。先攻の富山学院一番バッターが、制球の定まらない遠藤先輩からフォアボールを選ぶ。そして、すかさず盗塁を決めた。いきなりノーアウト、二塁のピンチ。

二番バッターは手堅く送りバント。成功。これでワンアウト、三塁。

ここで三番バッターが楽々とセンターに犠牲フライを打つ。富山学院、1点先制。

なおもフォアボールと内野安打を絡めツーアウト、一、二塁と攻め立ててきたが、遠藤先輩が何とか踏ん張り後続を断った。

一回裏。噂の富山学院のエース、坂東がマウンドに上がった。投球練習を食い入るように見る。球のスピードはスタンドで見るより速く感じる。

一番田辺先輩がバッターボックスに立ち、構えた。しかし1―2から、空振り三振。

二番島倉先輩。0―2から、スライダーを空振り、これまた三振。

三番樫本先輩。2―2から、同じく空振り三振。

三者連続三振。

いずれの先輩も、想像以上に球にキレがある、と感想を洩らした。

坂東は悠々とベンチに引き揚げていく。

二回表。富山学院打線はまたもや遠藤先輩に襲いかかる。二本のヒットとフォアボールで、ツーアウトながら、満塁。次のバッターも強振した。

打球は、サード横に飛んだ。サード宮本先輩が、これを横っ跳びでノーバウンドキャッチ。ファインプレー。スリーアウトチェンジ。三者残塁。抜けていれば追加点を与えるところだった。危ないところだった。

二回裏。魚津商業の攻撃。

四番遠藤先輩。初球をライトフライ。球威に押されていた。

五番廣田先輩。2―2から、空振り三振。

六番三島先輩。1―2から、やはり空振り。連続三振。この回も三者凡退に終わった。

三回表。遠藤先輩はフォアボールを一つ与えたが、0点に封じた。少し落ち着いてきたように見える。

三回裏。魚津商業下位打線の攻撃。七番宮本先輩、八番城先輩、九番みづきが三者連続空振り三振。これで前の回から合わせて、五者連続空振り三振！　三振をしていないのは、遠藤先輩だけだ。かなりの劣勢状態である。

そんな中、遠藤先輩がいつもの調子を取り戻したようだ。球が走り出したのだ。

四回表。初めて富山学院打線を三者凡退に打ち取った。小さくガッツポーズをする。

四回裏。二巡目である。ボクたちはベンチ前で円陣を組んだ。指示を出すのは遠藤先輩である。

「追い込まれたら、まず打てない。ファーストストライクを狙うんだ。カウントを整えてくる初球から、ガンガンいこう」

「おーす」

「精神的に負けていたら、駄目だ。強い気持ちで、向かっていこう」

「おーす」

「村椿監督代行からも一言、お願いします」

いきなり話をふられ、びっくりした。

「げ、元気に声を出していきましょう。あ、暑いですけど、頑張って下さい」

クスクス笑い声が起きた。

大丈夫だ。緊張感がほぐれている。いけるかもしれない。

ボクは赤面しながら思った。

最後に遠藤先輩の掛け声一つで円陣が解けた。

しかし気負い込んで攻撃に向かったが、打線は振るわなかった。

この回の先頭バッターは、一番田辺先輩。初球を打つが、セカンドゴロ。ワンアウト。

二番島倉先輩。0—1から打って、ショートフライ。ツーアウト。

三番樫本先輩。1—0から打って、ピッチャーゴロ。スリーアウトチェンジ。

それでも、遠藤先輩が頑張りを見せる。

五回表の富山学院打線を三者凡退に退けると、その裏先頭バッターとしてセンター前にクリーンヒットを打った。この試合、魚津商業の初ヒットである。自らのバットで突破口を切り開いたわけだ。

五番廣田先輩が送りバントを決め、ワンアウト、二塁。

一打同点のチャンス。だったが、六番三島先輩、七番宮本先輩が相次いで三振に倒れ、無得点に終わった。相手投手坂東も譲らない。

試合はこう着状態になった。遠藤先輩、坂東の投げ合いとなり、両チームともスコアボードに0を並べた。富山学院も魚津商業も何度か塁にランナーを進めたが、得点には結びつかなかった。

ボクは遠藤先輩の力投を熱く見つめていた。今のボクには何もできない。それが悔しかった。スコアをつけながら、ただ声援を送っていた。

0対1のまま、九回に突入した。

九回表。遠藤先輩の気迫あふれる投球で、富山学院は無得点に終わった。

点差は1点。九回裏、この回に1点以上得点しなければ試合は終わり、今大会の敗退が決まってしまう。

魚津商業の攻撃は打順よく、二番の島倉先輩から。

だが相手校の坂東も球威に衰えが見えない。

島倉先輩はあえなく三球三振。ワンアウト。肩を落として、すごすごとベンチに戻る。

三番樫本先輩。3―2と粘るが、センターフライ。ツーアウト。

後がなくなってしまった。

ここでバッターは、四番頼れる主砲の遠藤先輩。今日二本シングルヒットを打っている。

「遠藤先輩、頼みます！」

ボクは思いの限り叫んだ。そうすることしかできなかった。

初球。

坂東が投げた。

ストレート。

内角やや高め。遠藤先輩の一番好きなところだ。

遠藤先輩はその球を思い切り叩いた。

快音が響いた。

スタンドから歓声が上がる。

打球は、レフト後方へ。

レフトがバックする。バックする。バックする。諦めた。

スタンドイン！　ホームラン！

起死回生の同点ホームランが出た。

さすが遠藤先輩、さすがだ。

奇跡だ。奇跡が起きた。ボクの想いが通じたのだ。ボクは両手を上げて、喜びを爆発させた。

ボクたち魚津商業ベンチの面々は喜色満面である。ダイヤモンドを一周してきた遠藤先輩をハイタッチで迎えた。

試合は振り出しに戻った。そして五番廣田先輩が凡退し、延長戦になった。

延長戦になっても、遠藤先輩と坂東の快投が続いた。夏の暑いさなか、ただでさえ体力の消耗が激しいのに、二人ともよく奮闘していた。

十回、十一回、両校、ゼロ行進が続いた。

遠藤先輩の身体は、回を重ねるごとに疲労の色が濃くなっていくように見えた。誰も話しかけたり、近寄ったりできないオーラを醸し出していた。

「点を取りましょう。点を。1点でいいんです。遠藤先輩を楽にしましょう」

ボクは監督代行として何度か円陣で皆を鼓舞しようとしたが、効果がなかった。野手陣も疲労困憊《こんぱい》していたからだ。

迎えた延長十二回。この回で勝敗がつかなければ、タイブレークになる。

十二回表。遠藤先輩がこの回も懸命に投げる。

先頭バッターを、サードゴロ。ワンアウト。

次のバッターを、レフトフライ。ツーアウト。

そして三人目のバッター。カウント1―2と追い込んで、最後は三振で締めくくった。スリーアウトチェンジ。

これでこの試合での魚津商業の負けはなくなった。

「いいぞ、ナイスピッチング」

ベンチのボクは最大限の笑顔と盛大な拍手を送り、遠藤先輩をねぎらった。堂々たるピッチングだった。

遠藤先輩の力投に応えなければ……。何とかしなくては……。

ボクは大きく息を吸い込んだ。

「この回です。この回で決着つけましょう。サヨナラにしましょう」

円陣で、檄を飛ばした。

タイブレークになると、余力のないボクたちは圧倒的に不利だ。この試合、この回で決めるしかない。

ボクは声を枯らしながらも応援し続けた。

だがその甲斐なく、魚津商業の十二回裏の攻撃は無得点に終わった。

1対1。この試合はタイブレークにもつれ込んだ。このイニングより、ノーアウト一、二塁で攻撃が始まる。

先輩たちが、ノロノロと守備位置につく。と、その時だった。雨粒が勢いよく落ちてきて、あっという間に土砂降りになった。グラウンドが水浸しになっていく。すぐに止むゲリラ豪雨かと思われたがそうではなく、先輩たちはずぶ濡れになっていた。

「試合中断だ、引き揚げろ！」

審判が合図した。先輩たちがベンチに戻ってきた。

雨はなかなか止まなかった。より強く降ってきているようにも思えた。

結果、グラウンドが壊滅状態で、薄暗くなってきたこともあり、サスペンデッドゲームになってしまった。

試合が終わり、ボクたちはベンチを引き払った。

再試合は日程の都合上、明日行なうとの通達があった。

延長十二回まで投げた遠藤先輩の姿は、誰が見ても痛々しく映った。とても明日試合ができる状態ではないはずだ。

それでもまた投げなければならない。強豪富山学院に立ち向かえる魚津商業のピッチャーは、遠藤先輩しかいないのだから。

ボクは右手でギュッと左肘を摑んだ。どうしようもない歯がゆさがあった。

2

翌日。

魚津商業の学校敷地内。

球場への出発間近のバスの中。

どの顔も疲れがとれていない表情をしている。

全員乗り込んだと思ったが、肝心かなめの人間がいない。

「あれ、遠藤先輩は？」

ボクは誰ともなく尋ねた。いつも一番乗りする遠藤先輩が、今日はバスに乗っていない。

「まだだ。昨日の今日だから、入念に身体の手入れを施しているんだろう」

廣田先輩が答えた。

「でも、ちょっと遅いな」

樫本先輩が口を挟む。

出発時間は過ぎていた。

「おい、田辺。おまえ、ちょっと見て来いよ」

「いや、ボクが見てきます。先輩たちは少しでも休んでいて下さい」

昨日の試合に出ていないボクが一番元気であるはずだ。監督代行であるが、使い走りもする。

「おい、ちょっと待て」

廣田先輩の制止を振り払って、ボクはバスから飛び出した。走って部室に向かう。

昨日の試合は、かなり身体に堪えただろうな。

走りながら、疲れ切っている遠藤先輩に何て話しかけようか考えていた。

部室の前に立つ。

走ってきた勢いそのままに、ノックもせずドアを開けた。

「遠藤先輩、時間過ぎていますよ」

その瞬間、ボクは凝固してしまった。部室の中にいたのは紛れもなく遠藤先輩である。目と目が合った。そして、その裸を見てしまった。

眩いばかりの白い肌。形のよいバスト。くびれた腰。突き出たお尻。

ボクは見てはいけないものを見たようだ。

「失礼しました」

急いでドアを閉めた。

遠藤先輩は……、間違いない。瞼にしっかり焼きついている。

遠藤先輩は、
遠藤先輩は、女だった。

3

夏の全国高等学校野球選手権富山大会。

二回戦。対富山学院戦。(再試合)

於、富山県営球場。

今日も打って変わって、カンカン照りになった。

試合は進んでいる。

六回を終えて、0対0。

昨日に引き続いて投手戦である。ただ魚津商業は昨日同様遠藤先輩が投げているのに対し、富山学院は坂東ではなく、二番手のピッチャーが投げている。それでも魚津商業は点を取れていない。富山学院の層の厚さを感じる。

七回表。遠藤先輩がマウンドに上がる。その雄姿を、ボクは複雑な心境で見つめている。数時間前の部室での一件以来、ボクと遠藤先輩は言葉を交わしていない。目も合わせていない。よそよそしい雰囲気が二人を覆っていた。

遠藤先輩は女だった。その衝撃的な事実に、ボクはかなり動揺していた。

思い返してみると……、
遠藤先輩は、自分のことを〝私〟と呼んでいた。

遠藤先輩は、甲高い声を発していた。

遠藤先輩は、甘いクリームのような匂いを発散していた。

遠藤先輩は、いつも他の先輩たちより先に着替え、グラウンドに姿を見せていた。

など、思い当たるフシがいくつかあった。

ウチの学校は制服がないから、着衣から男か女かは判別できなかった。遠藤先輩は常時パンツルックで、スカート姿など見せたことがなかった。

そしてなぜか男のボクが遠藤先輩に対し、胸をときめかせていた。禁断の同性愛じゃないか、と思い悩んだりもしたが、相手が女性ならば話は別だ。ボクが抱いていたのは許されぬ背徳的な感情ではなく、至極まっとうな恋愛感情だったわけだ。

それにしても女子選手はみづきだけでなく、もう一人いた。しかも二人とも公式試合に出場している。このことが高野連にバレたら、どうなるだろう。

あれこれ考えているうちに、この回も遠藤先輩は富山学院を無得点に封じた。

引き揚げてきた遠藤先輩は、円陣の輪に加わらずそのままベンチに崩れ落ちるかのように座った。じっとして、動かない。険しい形相をしている。声を掛けるのも憚《はばか》られた。

遠藤先輩……。

女だてらにエースピッチャーを務め、女だてらに四番を打ち、女だてらに主将を任されている。何という女だ、あなたは……。

どうしてそんなに頑張れるのですか。何がそうさせているんですか。その原動力は何ですか。

魚津商業硬式野球部の伝統の灯を絶やさないためですか。念願の甲子園出場のためですか。

ここまで無理をして、身体を壊してしまったらどうするんですか。

ボクの頭の中は、遠藤先輩のことで一杯一杯だった。勝敗よりも、遠藤先輩の身体が心配で、試合に集中できなかった。

七回裏。魚津商業無得点。

遠藤先輩がベンチからノロノロとマウンドに向かう。

誰も話しかけることすらできない。遠藤先輩が自らに強いた過酷な闘いを黙って見守っている。その姿は孤独で、どこか寂し気に見えた。

何とかしなければ……。

「遠藤先輩、頑張って下さい」

思い切って、ボクは声を掛けた。あなたにはボクがついている。その気持ちを伝えたかった。それしか今のボクにできなかった。

遠藤先輩は振り向き、微かに笑みを浮かべたようだった。少し救われただろうか。

試合はなおも両校無得点のまま進んだ。

遠藤先輩は明らかに球威が落ちていて、八回表もピンチに陥った。それでも何とか踏ん張り、抑えた。

九回表裏。両校得点をあげることができなかった。

昨日に続いての延長戦。タフな試合になった。

遠藤先輩はもうヨレヨレだった。ただピッチャーとしての本能に従って投げているようだ。

十回表。ツーアウト、一、三塁と攻め立てられるが、次のバッターをキャッチャーフライに仕留め、無得点。

十回裏。富山学院は温存していた坂東をマウンドに送り込む。魚津商業、三者凡退。

十一回表。またピンチに襲われた。

この回、ワンアウトから連打を許し、一、二塁。

次のバッターが送りバント。成功。これでツーアウトながら、二、三塁。

さらに、その次のバッターをフォアボールで塁に出してしまう。ツーアウト満塁。

「タイム」

ボクは伝令としてベンチを飛び出し、マウンドに向かった。内野陣も集まってくる。

「何しに来た？」

遠藤先輩は厳しい口調で言った。肩でゼイゼイ息をしている。

「何って、その……」

ボクは気おされた。言いたいことが言葉として口から出てこない。

遠藤先輩がきつく睨む。

「だ、大丈夫ですか？」

やっと言葉が出た。

「ああ。そんなこと訊きに来たのか。私は大丈夫だ。まだまだ投げられる。それに代わるといっても私以外ピッチャーがいないからな。さあ用事が済んだらとっととベンチに帰ってスコアをつけていろ。この回も必ず抑えてみせる」

「わ、わかりました。頑張って下さい」

遠藤先輩の強い言葉を信じ、ボクはベンチに戻った。内野陣もそれぞれのポジションにつく。

試合再開。

遠藤先輩が渾身の力を振り絞って投げる。球威はかなり落ちているが、魂のこもったボールだ。ただコントロールも危うくなってきている。

カウント3―2になった。

あと一球。この後の一球が試合の勝敗を左右する。塁上のランナーも一斉にスタートしてくる。

か、神様……。

ボクは祈った。

仏様……。

拝みもした。

切迫たる思いだった。

運命の一球。

遠藤先輩が投げた。

ど真ん中、ストレート。

バッター、見送り。

「ストライクバッターアウト！」

主審の手が上がった。

遠藤先輩がマウンド上で甲高い雄叫びを上げた。

や、やったっ。

ボクもベンチで飛び上がり、喜びを表現した。

まさに神がかった、そして仏が乗り移ったかのようなピッチングだった。

守備位置からベンチに戻ってくる者全員が笑顔である。

「よーし、この回で決めようぜ。サヨナラにしようぜ」

誰かが叫んだ。

だが、そう簡単に富山学院のエースピッチャー坂東を打ち崩せない。延長戦に入ってからの登板なので、スタミナも十分の様子だ。

十一回裏。魚津商業、無得点。溜め息とともに、この回の攻撃は終わった。

さらに、回は進む。

遠藤先輩は昨日から数えてもう20イニング以上投げている。炎天下、男でさえしんどいと思われるのによく奮戦している。

もう、いい。この試合の勝敗など、もうどうでもいい。早く遠藤先輩をこの戦いから解放してあげなければ……。

十二回表。ボクはマウンドに向かおうとしている遠藤先輩に歩み寄った。

ピッチャー交代しましょう。

そう伝えるつもりだった。しかし、その言葉は口から外に出なかった。遠藤先輩を前にすると、とても言えなかった。

遠藤先輩は踏ん張っていた。ボロ雑巾のようにクタクタになりながらも、勝利への執念を見せていた。そんな中、打線も援護しようと坂東に立ち向かうが、味方の期待に応えられなかった。皆、疲れ果てていた。

この回両校無得点ならば、雨が降りそうもない今日こそタイブレークになる。体力を消耗し切っているボクたち魚津商業としては、絶対それは避けなければならない。代わりの選手はいないのだ。

マウンドに向かう遠藤先輩の足元は覚束ない。

この回だ。この回さえしのげば……。

ボクは目を閉じかけた。これ以上疲労困憊している遠藤先輩の姿を見たくなかった。それでも思い直し、目を見開いた。愛する人が必死に戦っている。その姿を見届けようと思った。ボクが逃げるわけにはいかなかった。

富山学院の攻撃は、打順よく、二番バッターから。

初球。

バッター、いきなりセーフティバント。

遠藤先輩、よろめきながらマウンドを駆け降りる。

「任せろ」

サードの宮本先輩がダッシュしてきて、一瞬早く打球を処理し、一塁へ送球。

間一髪、アウト。

「いいぞ、いいぞ！」

ボクは叫んだ。

「ワンアウト、ワンアウト！」

掠《かす》れた声で連呼する。

迎えるは、クリーンアップ、三番バッター。

この局面、すべてを遠藤先輩に託そう。

ボクは心に決めた。

そして遠藤先輩は果敢に立ち向かい、このバッターをサードファウルフライに打ち取った。ツーアウト。

よし、あと一人。

ボクもベンチで力が入った。ただ、まだ気は抜けない。

バッターは、四番。今日2安打している。富山学院でもっとも恐れられている強打者だ。

右バッターボックスに入り、どっしりと構える。

遠藤先輩が投げる。

真ん中甘めのハーフスピードのストレート。失投だ。

バッターは、当然見逃さない。強振。ジャストミート。

あ。

打った瞬間、ホームランとわかる打球だった。

富山学院のベンチと応援スタンドは、もうお祭り騒ぎである。

遠藤先輩はマウンド上でガックリ肩を落とす。

とうとうここで力尽きてしまった。均衡を破られてしまった。

今まで頑張ってきたことが無になるような。そんな一打だった。

富山学院、1点先制。この得点は数字以上に、はかり知れない大きなダメージをボクたちに与えた。

でも……、
ボクたちには裏の攻撃がある。

頑張れ、頑張れ、遠藤先輩。

1点差なら逆転可能だ。まだわからない。

しかし、富山学院も攻撃を続けている。

五番、六番バッター、連続フォアボール。気落ちしたのか、遠藤先輩はストライクが入らなくなった。緊張の糸が切れたみたいだ。

もう、見ちゃいられない。

ボクは両手で顔を覆った。

さらに七番バッターにも、フォアボール。ツーアウト、満塁。富山学院、追加得点のチャンス。

よし、決めた。

ボクは決断した。

「校長先生、ピッチャー交代します」

　ベンチ奥で固唾を飲んで試合を見ていた校長先生に告げる。

「そうか。で、誰がリリーフするんだ？」

「ボクが投げます」

　自分のグローブを掴み、強い口調で言った。

「いかん。それはいかん。君はドクターストップが宣告されている身体だ。投球は禁じられている。このチームの責任者の立場からも、君に投げさせるわけにはいかん」

　校長先生は、負けじときっぱり言う。

「遠藤先輩は誰が見ても限界です。ウチのチームのピッチャーは遠藤先輩とボクしかいません。だから、ボクが投げます」

「でも、君は怪我人だぞ」

「校長先生はこのまま遠藤先輩をさらし者にする気ですか。この危機的状況を黙って指を加えてやり過ごすつもりですか。それが教育者の取る態度ですか」

「いや、私は……」

　ボクのあまりの剣幕に、校長先生は少したじろいだようだ。

「校長先生、ボクは代行とはいえ、監督です。選手起用に関して権限があるはずです」

ボクはさらに目尻に力を込めて言った。

「でも、なあ……」

「お願いします、校長先生」

「ふむ……」

校長先生は考え込んだ。

「遠藤先輩を助けたいんです」

ボクは熱く校長先生を見つめた。

「そうか……。そこまで言うならばリリーフを許可しよう。ただくれぐれも無理するんじゃないよ」

校長先生が折れた。

「はいっ、ありがとうございます。大丈夫ですよ、秘策がありますから」

ボクは喜んでタイムを宣告し、ベンチを飛び出た。

「ピッチャー交代です。ボクがリリーフします。遠藤先輩はライトに回って下さい」

「ふん。あと一人というのに情けないな。日頃の走り込みが足りなかったかな」

遠藤先輩は自嘲気味に笑い、ライトの守備位置に向かった。みづきがベンチに退いた。

「おい、おまえ。投げて大丈夫なのかよ」

キャッチャーの廣田先輩が近寄ってくる。
「大丈夫じゃないけど、何とかしてみせます。ボクにちょっとした秘策があります」
ボクは考えていた秘策を廣田先輩に話した。
「よし、わかった。頼んだぞ」
廣田先輩はそう言い、定位置に戻った。
投球練習をしてみる。ボールを投げるのは久々だ。やはり肘が痛む。
あと、ワンアウトだ。保ってくれ。
ボクは投球練習だというのに、早くも歯を食いしばって投げていた。
試合再開。
富山学院の攻撃はツーアウト、満塁。バッターは八番。
ボクはセットポジションの姿勢をとる。
その時、球場内にどよめきが起きた。
キャッチャーが敬遠時に見せるように腰を下ろさず、立ったままなのだ。
ボクは投げる。肘に電流が走った。
外角に大きく外れる。
「ボール」

相手バッターはポカンと口を開けている。この場面で敬遠されるのが信じられないといった表情だ。

ボクは二球目、三球目も大きく外した。

カウント3—0。あと一球外せば、押し出しである。

想定外の出来事に球場内のどよめきはおさまらない。

魚津商業のバッテリーは何を考えているのだろう。

そんな空気が渦巻いていた。

騒然となった中、ボクはセットポジションに入った。

今だ。

誰もが次で敬遠押し出しだと思った時、そのプレーは起きた。

ボクは素早く一塁へけん制球を投げた。

一塁ランナーは敬遠だと思っていたのか、油断していたようだ。塁から離れ、突っ立っていた。タッチアウト。スリーアウトチェンジ。ピンチ脱出。してやったり。

やったっ。作戦成功。

ボクは喜びを隠さなかった。ベンチに引き揚げる先輩たちの顔からも笑顔が弾けている。

「よくやった。助かったよ」

ベンチで、廣田先輩が開口一番言った。

「さあ、今度はこちらの番です。ピンチの後にはチャンスあり、とよく言うじゃありませんか。反撃しましょう」

ボクは檄を飛ばした。1点差なら、本当にまだ試合がどう決着つくかわからない。

「逆転サヨナラにしてやろう」

士気は高まっている。まだ誰も諦めていない。いいムードだ。

「打順は……」

「私からだ」

遠藤先輩がヘルメットをかぶり、のっそりとバッターボックスに向かった。

遠藤先輩……。

遠藤先輩は、もう虫の息状態である。バットを振る力が残っているだろうか。

無理しないで下さい。

ボクが見つめる先で、遠藤先輩は荒い息遣いでバッターボックスに入り、構えた。

坂東が投げる。

その初球、遠藤先輩がジャストミートした。

打球はレフト頭上を越えた。

やった、長打コースだ。

と思ったが、遠藤先輩は一塁ストップ。走れないのだ。

代走を出そうにも選手がいない。頭部へのデッドボールでないから臨時代走も使えない。

それでも、ノーアウト、一塁。とりあえず突破口は開いた。

続くは五番廣田先輩。

「タイム」

主審に許可を取り、廣田先輩がベンチのボクの元へ駆け寄ってくる。

「どうしました？」

「ここは送りバントで、ランナーを進めようか」

ボクは一塁ベース上にいる遠藤先輩を見た。

「……そ、そうですね。でも今見たところ、遠藤先輩はいつも通りに走れないみたいだし
……」

送りバントをしても、二塁で封殺される可能性が高い。

「村椿、おまえが監督代行だから決めてくれ。どうする？」

ボクはしばし逡巡した。そして決意した。

「強攻しましょう。打って、つないで下さい」

「よし、逆転サヨナラホームランを打って、遠藤を楽に歩いてホームインさせてやる」

廣田先輩はバッターボックスに向かった。

そして、つないだ。

右中間を深々と破る打球を放ったのだ。

同点か、と思いきや、廣田先輩は何と一塁ストップ。一塁ランナーの遠藤先輩が二塁で立ち止まっていたからだ。

喜び半分の魚津商業ベンチ。でも、誰も遠藤先輩を責めたりする者はいない。

ノーアウト一、二塁。チャンス拡大。逆転サヨナラのランナーも塁に出た。

勝利を確信していた富山学院坂東の顔色が変わった。ベンチから伝令が走る。

バッターは六番三島先輩。自分も前の二人に続こうと、初球から狙っていた。

坂東が投げた。

ガギッ。

鈍い球音が響いた。

サードへのファウルフライ。難なくキャッチされる。ワンアウト。

バットを叩きつけて悔しがる三島先輩。

次の宮本先輩も平凡なセンターフライに打ち取られた。ツーアウト。

ツーアウト……。後がない。

ここでバッターは八番城先輩。緊張のあまりか、顔が青白い。

「ファイト、城先輩」

ボクはネクストバッターサークルから声を掛けた。

「よ、よしっ」

城先輩は短くバットを握り、バッターボックスで構えた。

坂東が一球目を投げる瞬間だった。城先輩がバントの構えに変わった。それで少し動揺したのかもしれない。

手元が微妙に狂ったのか、その投球は城先輩の臀部《でんぶ》に当たった。

「デッドボール」

つながった。ツーアウトながら、満塁。

ここでバッターはボク。

ボクはバッターボックスに向かう間、じっと三塁ランナーの遠藤先輩を見つめていた。

遠藤先輩、見てて下さい。二人で秘かに練習した〝C作戦〟を実行する時が来ましたよ。

一礼してバッターボックスに入る。構えた。心臓が大きく高鳴っている。

落ち着け、落ち着け。〝C作戦〟は必ず成功する。

自分に言い聞かせた。

坂東はいつになく神妙な顔つきである。緊張しているのであろうか。

第一球を投げた。

スライダー。

ボクは見送り。

「ストライク」

やはり変化球で来た。

二球目。

これまたスライダー。

ボクは見送り。

「ストライクツー」

カウント0―2。あっさり追い込まれてしまった。ボクの弱点は富山学院サイドにも当然のように伝わっているようだ。

だが、ここからがボクの真骨頂だ。再び三塁ランナーの遠藤先輩を見つめた。

〝C作戦〟、実行します。

遠藤先輩は微《かす》かに頷いたようだ。

ボクは構えを小さくした。前かがみになり、よりバントに近い姿勢をとった。

三球目。

三たびスライダー。

ボクは軽くバットを出し、これをカットした。

「ファウル」

四球目。

スライダー。

カット。

「ファウル」

五球目。

スライダー。

カット。

「ファウル」

これが延々と続いた。

球場内が再び騒然となった。

坂東がムキになって縦に落ちるスライダーを投げる。ボクはすかさずカットして、ファウルにする。

スライダー、カット、ファウル。スライダー、カット、ファウル。スライダー、カット、ファウル。スライダー、カット、ファウル。スライダー、カット、ファウル……。

カウントは0―2からいつしか1―2、2―2になった。球数もボク一人に二十球費やしていた。坂東も根負けしない。

数えて二十一球目。

スライダーが外角低めに外れた。

カウント3―2。あと一球で押し出しである。

遠藤先輩、見て下さい。どうです、〝C作戦〟、名付けて〝カットバッティング作戦〟の出来具合は……。

遠藤先輩は言っていた。

「この作戦はストライクコースのボールをことごとくカットして、フォアボールを得るのが目的だ。相手ピッチャーに球数を投げさせることもできるから、ダメージも普通のフォアボールより大きいはずだ」

と。

ここまで実戦で試してみても、確かにそうだと思う。坂東は肩で息をし始め、フラフラしている感じがする。

あと、一球。

作戦を成功させることができれば同点だ。さらに、上位につなげることになる。

この時、富山学院のベンチがタイムを宣告し、主審の元へ選手が一人走り寄った。

ピッチャー交代か。いや、それはないだろう。

主審と富山学院の選手が何やら話し終えた後、今度は主審が三人の塁審を呼び寄せた。

な、何だろう……。

やがて主審が戻って来て、ボクの前に立ち、言った。

「今富山学院側から、君が行なっているバッティングはバントではないかとクレームがあった。正直言って、私もそうじゃないかと思っていた。そこで協議した結果、今後同じ行為を繰り返すならば、スリーバント失敗とみなすと結論づけた。以上だ。プレーを再開する」

そんな……。

ボクは言い返したかったが、やめた。高校野球では審判の判定は絶対である。覆ることはない。食い下がっても、心証を害するだけだ。

ボクはバットを握り直した。

A作戦〝案山子作戦〟は、通用しない。B作戦〝バント作戦〟も、無理だ。そして今、C

作戦〝カットバッティング作戦〟も禁じられてしまった。

そして、次の一球が勝敗の分かれ目だ。チームの命運がかかっている。

覚悟を決めた。見逃し三振がほとんどのボクだが、ここは奇跡を信じ、開き直って思い切り振ってみよう。おそらくスライダーを投げてくるだろう。それを何としてもとらえるのだ。

坂東がキャッチャーのサインに頷き、投げた。

意に反し、ストレートがきた。

ええい、ままよ。

ボクはフルスイングした。

4

夏休み。

登校日の今日、硬式野球部の部室の中でボクはみづきと向かい合って椅子に腰かけている。

「三年生の荷物が片づくと、この部室も少しは広く感じられるわね」

みづきが言う。

「そうだね……」

ボクはどこか、うわの空である。

みづきはさらにいろいろと話しかけてくるが、ボクは聞き流し、生返事を連発していた。

「村椿君、聞いてる？　虚ろな目をして。まだ夏の大会のこと、引きずっているの？」

「いや、そういう訳じゃないけど……」

嘘だった。激闘から一週間が過ぎたが、ボクは片時も忘れずにいた。今も思い返していたのだ。夏の大会最後の瞬間を……。

あの時、ボクは坂東の投げたストレートを思い切り振ったが、ボールは当たらずバットが空を切った。空振り三振。

試合終了。

二日連続して延長十二回に及んだ熱戦は、幕を閉じた。この二試合は、間違いなく後世に語り継がれる伝説の試合となるであろう。だが今思い返しても、悔しい敗戦だった。

魚津商業、惜しくも二回戦で敗退。それと同時に、遠藤先輩ら三年生の引退が決まった。

このチームで、そして遠藤先輩とともにもっと長く野球をやりたかったというのが本音であるが、それも叶わぬこととなった。遠藤先輩は疲れ切っていると思うので、ゆっくり休んで欲しかった。

「お疲れ様でした」

試合後のミーティング時、遠藤先輩を前にして、それしか言うことができなかった。それしか言葉が出なかった。本当は言いたいことや聞きたいことがたくさんあったのに……。

ボクは満足に遠藤先輩の顔を見ることもできなかった。

「村椿、野球、続けてくれるよな」

「はい」

「後は頼んだぞ」

遠藤先輩は力を込めて言った。

「はい」

ボクも力強く返事した。

学校が夏休みに入ったせいもあるが、以来遠藤先輩と顔を合わせていない。

遠藤先輩、あなたが好きです。どうしようもないほど、あなたが大好きです。

その気持ちを伝えたかった。

遠藤先輩……、これからどうするんですか。

想いは募るばかりである。

その一方で、ボクも安穏としていられなかった。三年生が引退すると、硬式野球部の部員はボクとみづきの二人きりになってしまった。早急に部員を勧誘しなければならない。

「ちゃんと聞いて、村椿君。今後の硬式野球部の活動についてなんだけど……」

「ああ、二人きりになってしまったね。練習もキャッチボールぐらいしかできないね。もっともボクはまだドクターストップがかかっているけど。硬式野球部存続の危機だね」

「硬式野球部の存続については校長先生が太鼓判を押してくれてるわ。あんな素晴らしい試合をしたんだ、私が在職中は一人でも部員がいる限り存続させるってね」

「それはありがたいな」

ボクは少しホッとした。

「それで練習のことだけど……」

「さっきも言った通り、ボクはキャッチボールもできないよ。しばらく休止状態だ」

「それが怪我が治っても、キャッチボールすらできなくなるわ」

「えっ、どういうこと？」

「今まで黙っていたけど、私もいなくなるの。父親の転勤の都合で、二学期から転校することになったの」

「そう……」

そうか……、みづきもいなくなるのか……。

「驚かないのね」

「入学してこの方、驚くことがたくさんあって、もうちょっとやそっとのことじゃ驚かなくなったよ」

「急なことで、ごめんなさい」

「謝ることないよ。みづきが悪いわけじゃない」

ボクは腕組みをした。

硬式野球部はボク一人きりになってしまうのか……。

「村椿君、頑張ってね」

「ああ」

それからしばらく、ボクは黙りこくった。思いにふけった。

「何考えているの？」

痺れを切らしたのか、みづきが口を開いた。

「あ、いや、実は遠藤先輩のことなんだけど……」

「遠藤先輩のこと……？」

「この際だから、事情通のマネージャーみづきに訊く。遠藤先輩って本当は女なんだろう？

ボク、見たんだ」

ボクは、胸の底にわだかまっていた思いを口にした。それと同時に、遠藤先輩の裸身を思い出す。

「ええ、そうよ」

みづきはすんなり答えた。ちょっと拍子抜けした。

「そんな簡単に答えたところをみると、みづきも知っていたのか……」

「あら、遠藤先輩が女だということは、公然の秘密なのよ。村椿君、近くにいて気づかなかったの」

「ああ」

気づかなかった……。

「呆れたわね。それからついでに言っておくけど、三年生の先輩たち全員女なんだからね」

えっ、今、何て言った。

「全員、女……」

「そうよ」

「遠藤先輩だけでなく、廣田先輩も、三島先輩も、城先輩も、宮本先輩も、田辺先輩も、島倉先輩も、樫本先輩も、皆、女だというのか」

「ええ。遠藤美千留先輩も、廣田光先輩も、三島翔先輩も、城佳己先輩も、宮本克樹先輩も、田辺千尋先輩も、島倉薫先輩も、樫本真緒先輩も、皆、女性なのよ」

そ、そんなことって、あるのか。

あり得ない。

「村椿君、本当に知らなかったの。鈍い人ね。こっちが驚くわ」

みづきは目を丸くしている。

「それじゃ、ボク以外の硬式野球部の面々は、全員女だったというわけか……」

「そう。八人とも小柴先生の下に集結したれっきとしたうら若き乙女、正真正銘の逞しき女子高校生たちよ。公式戦に出場するというルール違反を犯したことはいけないことよ。でもどうしても伝統を守りたかったのよ、きっと。そもそも女子の入部は認めておいて、公式戦に出場できないなんて理不尽な話よ」

そう、そうだったのか。

「あれだけ慕っていた小柴先生の寿退職をすんなり認めたのも、女の幸せはやっぱり愛しい人との結婚かも……、と思ったからじゃないかしら」

「そ、そうなのか……」

それにしても、全員女だったなんて……。そういえば遠藤先輩だけでなく、他の先輩たちも甘いクリームのような香りを発散させていたっけ。

「ほかに訊きたいことはない？　たぶん村椿君と会うのは今日が最後だと思うから。何でも教えてあげる」

いや、もういいよ。これ以上の驚きはないよ。それにしても……。

「はははは」

突然、ボクは笑い出した。腹の底から、笑いが込み上げてきた。

「ち、ちょっと、村椿君、どうしたの？」

「はははは」

ボクは笑い続ける。

全員女だなんて、そんなことに気づかないでいたなんて、自分のオメデタさは、笑い飛ばすしかないよ。とんだお笑い草だ。

ボクは心配そうに見つめるみづきをよそに、笑い続けた。

「村椿君、しっかりして。驚き過ぎて、気が触れたの？　しっかりして」

何と言われようとも、ボクは笑いを止めなかった。

5

翌春。

入学式前日。

無事二年生に進級した、たった一人の硬式野球部部員であるボクは、校内の至る所に手書きのポスターを貼った。

文面は、

『新入生諸君。

硬式野球部に入ろう！

一緒に甲子園を目指す仲間大募集。

男女問わず。

すぐ試合に出れます』

である。

ボクはこの学校の硬式野球部に入って、野球の素晴らしさを教えられた。今度はボクが教える番だ。新入生と思いを同じくして、ともに喜びを分かち合いたい。先輩たちが性別を偽ってまで守ってくれた硬式野球部の伝統を、しっかり受け継いでいきたいものだ。

はたして、どんな輩が入ってくるやら……。

〈完〉

あとがき

高校生の頃、甲子園出場には程遠い田舎の県立高校の硬式野球部員だった。その中でも下手の横好きだったボクは、レギュラーにはなれなかった。三年生の夏の大会三回戦、背番号12のボクは代打での出場機会を得た。六回表、スコアは0対7、ツーアウトランナー無し、コールド負け必至の局面であった。おそらく監督としては、もう最後だから、という配慮からの起用だったのだろう。

相手校のピッチャーは、その年チームを甲子園に導いた県内有数の好投手であった。この試合でもここまでボクたちは一安打に封じ込められていた。

ボクは全く打てる気がしなかった。練習でもさっぱり駄目で、チームの士気にかかわるからという理由で、バッティング練習さえさせてもらえない存在だった。それでも、何とかしたかった。

ボクは左バッターボックスで構えた。

初球ボール、二球目ストライク、三球目ボール。四球目思い切り空振り。カウント2―2

になった。三振だけはしたくない、と思い、バットをさらに短く持って投球を待った。五球目。目をつぶってバットを振った。すると、どうだ。ボールをミートし、打球はレフト前へ飛んでいった。ボクは一塁に駆け込んだ。奇跡的なことが起こったと感じた。強豪校のピッチャー相手に食い下がることができたのだ。

試合はそのままコールド負けし、ボクの一打は焼け石に水的なものとなったが、高校球児としてボクは確かな足跡を残すことができた。

あれから月日が流れた。ボクの人生において、あの時のヒットは辛いことや苦しかった時の心の支えとなり、大きな意味を持つものとなった。

さて、今回。小説家として、思いがけず書籍化デビューという〝打席〟を与えられた。

「あいつが小説を書いて、本を出すなんて……」

学生時代の愚鈍なボクを知る友人は驚いているに違いない。ボク自身が誰よりも一番驚いているくらいなのだから。

はたしてボクは高校時代同様、ヒットを打つことができただろうか。その判断は読者に委ねることにしよう。ただ、ボクとしてはこれを最初で最後とするのではなく、今後も精進を続け、期待されれば応えられるよう、食らいついていきたいものだと思う。

本書を出版するにあたり、㈱鳥影社の編集部長小野英一氏をはじめ、編集部員の方々には大変ご尽力いただいた。永田和香子様には素晴らしいイラストを描いていただいた。また、いまだに心配ばかりかけている両親、そして何よりも最後まで読んでいただいた読者の皆様方に感謝の意を表したいと思います。

ありがとうございました。

令和元年 夏

内角 秀人

〈著者紹介〉

内角秀人（ないかくしゅうと）
3月1日、富山県生まれ。
國學院大學文学部史学科卒業。
現在、富山市在住。
千葉ロッテマリーンズをこよなく愛する男。
「渤海」同人。

硬式野球部に入ろう!

定価（本体 1400円+税）

乱丁･落丁はお取り替えします。

2019年 8月 29日初版第1刷印刷
2019年 9月 2日初版第1刷発行
著　者　内角秀人
発行者　百瀬精一
発行所　鳥影社（www.choeisha.com）
〒160-0023 東京都新宿区西新宿3-5-12トーカン新宿7F
電話 03(5948)6470, FAX 03(5948)6471
〒392-0012 長野県諏訪市四賀 229-1（本社・編集室）
電話 0266(53)2903, FAX 0266(58)6771
印刷・製本　シナノ印刷

ISBN978-4-86265-761-9　C0093